suhrkamp taschenbuch 3463

Als seine Frau schwanger wird, kriegt Harri es mit der Angst zu tun: Überall lauern Gefahren für Mutter und Kind, ein früherer Seitensprung bereitet ihm Schuldgefühle. Als das Kind kerngesund geboren ist, steigern sich die Sorgen nur – Harri glaubt, dass er Aids hat (trotz negativem Testergebnis), er ahnt Verschwörungen, hat Angst vor Steinwürfen durchs Fenster und gibt schließlich seine Arbeit auf, um die Familie schützen zu können. Dabei wird schnell klar: Die größte Bedrohung für den Familienfrieden ist Harri selbst.

Bei einer Autopanne kommt ihm Eero zu Hilfe, ein Sprücheklopfer und finnisches Mannsbild, wie es im Buche steht. Eero nimmt Harri mit auf einen Wochenendtrip, sie gehen zum Tanzen, lassen sich von Frauen abschleppen, verursachen einen Saunabrand, geraten in das Zelt einer religiösen Erweckungsbewegung – und Harri merkt, dass auch Eero nicht der perfekte Mann ist.

Petri Tamminen wurde 1966 geboren, er lebt als freier Autor und Journalist in Vääksy bei Lahti (Finnland).

Petri Tamminen
Der Eros des Nordens

Roman

Aus dem Finnischen von
Stefan Moster

Suhrkamp

Die Originalausgabe erschien 2000 unter dem Titel
Väärä asenne
bei Otava, Helsinki.
Die Übersetzung aus dem Finnischen wurde
durch das *Finnish Literature Information Centre FILI* unterstützt.

Umschlagfoto: Esko Keski-Vähälä

suhrkamp taschenbuch 3463
Erste Auflage 2003

Druck: Ebner & Spiegel, Ulm
Printed in Germany
ISBN 3-518-39963-2

1 2 3 4 5 6 – 08 07 06 05 04 03

Der Eros des Nordens

I

1.

Seit Jahren hatte Harri keine Angst mehr gehabt. Er hatte studiert und geheiratet und bei einer Zeitung Arbeit gefunden, war in eine hübsche Kleinstadt gezogen und hatte die Hilflosigkeit der Kindheit schon so lange vergessen, dass er nicht verstand, wie ihm geschah, als er von der Schwangerschaft seiner Frau erfuhr.

Es war Mitternacht, Harri kam von der Spätschicht, und seine Frau empfing ihn an der Tür. Sie juchzte und umarmte ihn und strich sich über den Bauch und tanzte umher und umarmte ihn wieder. Harri beantwortete die Umarmungen steif. Er versuchte, zärtlich zu sein und etwas Schönes und Bleibendes zu sagen, aber er dachte an die falschen Dinge, an Fehlgeburt und plötzlichen Kindstod, an die Gefahren, die sie nun bedrohten, an seine eigenen Schwächen und Sünden, an seine Untreue vom vorletzten Sommer. Aufmunternd streifte er die Wange seiner Frau. Seine Hand sah rau und plump aus auf der Haut der werdenden Mutter.

In der Nacht lag Harri wach. Als er im Dunkeln die Augen schloss, roch er die Elektrizität und spürte die schwindelerregende Leichtigkeit der Zimmerluft, und sein Körper glitt davon und entfernte sich weit aus dem Bett. Er musste die Augen öffnen, seine Frau berühren und nach der Bettkante greifen. Lange musste er sich an ihr festhalten, bis er wieder von allein an Ort und Stelle blieb.

Harri hatte gehofft, die Nacht würde die Ängste mildern, aber als er in den frühen Morgenstunden aus dem Dämmerschlaf hochfuhr, wusste er, dass er Angst hatte. Er wusste es am Morgen, als er sich die Schuhe band. Er wusste es auf der Fahrt zur Arbeit. Er vergaß es tagsüber für eine Weile und spürte nur, dass ihn etwas belastete, und hoffte, es sei nichts Ernstes, bis er sich wieder erinnerte.

In der darauf folgenden Nacht weckte Harri seine Frau. Er wusste nicht, was ihn bedrückte, aber er wollte darüber reden. Seine Frau hörte ihm nicht zu, sie gähnte. Harri streckte die Hand aus, machte das Licht an und ließ seine Frau in die Helligkeit blinzeln. Dann gestand er mit fester und beleidigter Stimme seine Untreue vom vorletzten Sommer.

Für einen Moment sah es so aus, als wollte seine Frau in Tränen ausbrechen, aber sie wimmerte nur gereizt, schien das blendende Licht nicht zu ertragen. Sie sagte, sie verzeihe ihm. Vorbei ist vorbei, sagte sie. Sie lächelte aus der Ferne ihrer Schwangerschaft und streckte sich, um das Licht zu löschen; wenn eine Katze eine Winternacht draußen auf dem Fensterbrett verbringt, steht sie bei fünfzehn Grad minus am nächsten Morgen diszipliniert da, um selbständig auszusehen, wenn sie ins Haus spaziert. Das Wütendwerden überlässt sie ganz den anderen.

Harri starrte im Dunkeln vor sich hin. Er wollte noch mehr bekennen, seine Sünde teilen, alles erzählen und beschreiben, den Campingplatz, das fremde Zelt, die Fichtennadeln und den trommelnden Regen, den ganzen nichtigen nächtlichen Irrtum. Er wollte weinen und seine Frau umarmen und wieder eins werden. Er ging das alles im Geiste durch. Als er sich aufrichtete und sich zu ihr herüberbeugte, lag seine Frau mit dem

Gesicht zur Wand und atmete das schwere Atmen der Schlafenden.

2.

Das Kind war lange erwünscht gewesen. Im Wohnzimmer reckte sich Harris Frau in beseelten Posen und widmete sich ihrem Bauch. Sie trug das Gute in sich.

Harris Wesen wurde gedämpft. Abends warf er sich aufs Bett, versenkte das Gesicht im Kissen und befasste sich mit Gefahren: Krankheiten, Gewalt und Unfälle. Er drehte sich nicht um, wenn seine Frau seufzend an der Tür erschien.

In der zweiten Woche der Angst hoffte Harri, dass es eine logische und praktische Erklärung für seine Beklemmung gab – eine Blutvergiftung, eine Hirnhautentzündung oder einen Tumor. Er spielte mit den Krankheiten und hielt die Bedrohung lang unter Kontrolle, bis er davon überzeugt war, an Aids erkrankt zu sein.

Das unerklärliche Bauchweh, das Schwächegefühl und der Kopfschmerz stimmten. Ein Ansteckungsrisiko hatte nicht bestanden, aber auch das bestärkte Harris Argwohn: Er hatte Unrecht begangen und eine Strafe verdient, und die härteste Strafe war genau von dieser Art, maßlos und ungerecht.

Harri nahm den Kampf gegen die Bedrohung der Krankheit auf. In der Bibliothek lauerte er auf Information, er schlich um die Regale und schuf ein gutes Verhältnis zu den Rücken der Medizinbücher. Nachts starrte er auf den Bildschirm, auf amerikanische Symptomregister, Verlaufszeitpläne und Fallbeschreibungen, und war Teil der stummen, internationalen Schar von Patienten. Sogar die Uhrzeiten sahen fatal aus: 3.57. Harri blickte unverwandt auf die Ziffern, um zuzuschauen, wie sie wechselten. Lange sah er zu, die Finger auf die Halslymphdrüsen gedrückt und mit durch und durch schmerzendem Leib.

Morgens glitten Harris Alpträume mit in die Wirklichkeit. Er hatte das Gefühl, dass der Tod in Form einer Münze aus der Hosentasche gefallen und über den Fußboden gerollt war, und er sollte sie aufheben, wegräumen. Er suchte sie unter dem Bett und hinter der Couch, warf Sachen durcheinander und wurde wütend. Er verstand nicht, warum sein Vertrauen enttäuscht worden war. Als seine Frau ihm zu helfen versuchte, lehnte Harri es ab. Als sie ihn anfasste, wich Harri zurück. Er goss sich eine ernste Miene übers Gesicht und ließ die Münze sein. Er würde nun alles sein lassen, sollte doch alles verderben und seinen Weg gehen. Er kümmerte sich fortan um nichts mehr. Er würde sich anziehen und essen, seine Arbeit machen und die Blicke ertragen.

Er schloss sich im Ankleidezimmer ein und wiegte sich hin und her.

Der Bauch seiner Frau wuchs. Im Winter begann das Kind sich zu bewegen. Als Harri seine Hand auf den zuckenden Bauch legte, hatte er den Verdacht, seine Krankheit könne durch die Membranen der Gebärmutter hindurch ansteckend sein.

3.

Die Geburtsvorbereitung fand im Versammlungsraum des Gesundheitszentrums statt. Während der Vorträge wurde die Luft schwer; sie war stickig vor Bakterien. Harri nahm die Paare sorgfältig in Augenschein und suchte nach Anzeichen für Erkrankungen – glänzende Augen, Rötungen, Seufzer der Erschöpfung. Bei jedem Indiz dämpfte er seinen Atem. Schließlich atmete er so spärlich, dass er meinte zu ersticken, und es blieb ihm nichts übrig, als sich die Lunge mit erlösender Luft voll zu saugen. Er bereute es sofort.

In der Pause wurden Saft und Kekse gereicht, das Geschirr hatte während des Vortrags auf einem Tisch gewartet. Harri zog seine Frau zur Seite und gab ihr ein Saftpäckchen mit Strohhalm aus seinem Rucksack. Als die Mütter an Harri vorbeizogen, starrte er auf ihre runden Bäuche.

Auf dem Heimweg erzählte Harri seiner Frau von seiner Krankheit, von den ersten Symptomen und Beweisen. Seine Frau hörte zerstreut zu, als beschriebe Harri ein vorübergehendes Unwohlsein. Zur Krankheit selbst sagte sie kein Wort. Stattdessen schlug sie Harri vor, einem Experten von seinen Gedanken zu berichten, einem Therapeuten.

Harri war begeistert und dachte über diese Möglichkeit nach. Er fand es angenehm, über sein Problem zu reden. Erst als seine Frau zu Hause nach dem Telefonbuch griff, musste er einschreiten und erklären, dass er nicht die Absicht hatte, einen Psychiater aufzusuchen. Er war ja nicht verrückt. Er hatte Aids.

Seine Frau legte das Telefonbuch aus der Hand und wollte wissen, was Harri zu tun gedenke. Er sagte, er würde einen Test machen lassen. Sie seufzte und fragte müde, was er nach dem Test tun wolle. Harri sagte: sterben oder glücklich sein.

4.

In Helsinki, unter fremden Menschen in der Eingangshalle der Klinik für Geschlechtskrankheiten, begriff Harri, dass er am falschen Ort war; ihm fehlte nichts.

Im Sprechzimmer schüttelte ihm ein Mann im weißen Kittel die Hand und stellte mit jovialem Unterton fest: »Na, ohne Gummi gevögelt?«

Harri antwortete nicht. Er setzte sich und versuchte sich Klarheit über den Geisteszustand des Mannes zu verschaffen. Er interpretierte dessen Worte als freundlich, als den Versuch, Entspannung zu bewirken, behielt aber die Bewegungen des Mannes genau im Auge. Er schaute zu, wie der andere die Nadel in die blaue Ader der Armbeuge schob und wie er dann das Röhrchen mit der Probe auf einen Ständer stellte, einem Behälter ein Stoffläppchen entnahm und auf die Haut drückte. Harri konnte an den Gesten keinerlei Verachtung oder Nachlässigkeit erkennen. Er sah darin reine Routine. Als der Mann ihn verabschiedete und das Ergebnis in einer Woche versprach, bemühte sich Harri, demütig und dankbar zu erscheinen, um so das Wohlwollen des Mannes auf seiner Seite zu behalten.

Draußen auf der Straße hatte sich die Welt verändert. Die Menschen sahen aus wie Maschinen, unverwundbar. Harri ging mitten unter ihnen und hoffte, ihre Kraft würde ihn anstecken. Er hoffte, die Kraft der Bäume und Verkehrszeichen und Pflastersteine würde ihn anstecken.

Auf der Rückfahrt zog Harri im Zug seine Jacke nicht aus. Er saß da und wartete.

Für den Rest der Woche ließ er sich krankschreiben. Er lag auf der Couch und betrachtete das Gewebe des Stoffes. Er versuchte, sich an Dinge aus seinem Leben zu erinnern, an einzelne Bilder und Erlebnisse, denen der Tod nichts mehr anhaben konnte. Er erinnerte sich an das Umschmelzwerk und die Funken, die es in den Nachthimmel schleuderte. Er erinnerte sich an den Dorfladen seiner Kindheit und an den Geschmack von Pfefferminzlakritze. Er fühlte und begriff, dass er die Zeit, die ihm gegeben war, genutzt hatte. Seine Probe wurde bereits untersucht. Die Laboranten beugten sich schon über ihre Apparate.

Am Sonntag ging Harri aus dem Haus und vergaß den Tod für eine Minute.

5.

Als Harri am Montag wieder nach Helsinki fuhr, stieß ihn die Klinik ab. Er umkreiste sie lang. Er stand auf dem Bürgersteig gegenüber und starrte auf das Gebäude. In den Gebärden und Haltungen der Menschen, die durch die Tür gingen, sah er verborgenes Mitleid, frische Erschütterung und die Heftigkeit eines aufregenden Ereignisses.

Harri konnte sich nur auf Kommando in Bewegung setzen, indem er an das ewige Leid und den Schmerz und die Qual auf der Welt dachte, wovon er noch nicht seinen Teil angenommen hatte, an das Leiden, das niemand erspart bliebe, an all das, wovon alle betroffen waren, den Verfall, das Dahinsiechen und den Tod. Er dachte daran, als er die Straße überquerte. Er dachte in der Eingangshalle der Klinik daran. Er dachte auf der Couch im Wartezimmer daran, und er spürte die Regungen seines Herzens und seines Magens, und er konzentrierte sich und versuchte, seine inneren Organe zu beruhigen und der Anstalt, der Couch, den alten Zeitschriften, den Anschlagbrettern und den Grünpflanzen würdig zu sein.

Eine Krankenschwester rief Harri herein. Das Weiße der Frau blendete ihn, steif betrat er den Raum und setzte sich geradewegs auf den Stuhl der Krankenschwester. Sie war nahe daran, etwas zu sagen, blieb aber stehen und nahm ein Formular des Labors vom Tisch sowie einen orangenen Stift, dessen Spitze messingfarben war. Mit dem Stift deutete sie auf das weiß schimmernde Papier und das unterstrichene Wort NEGAT am unteren Rand des Blattes und sagte, Antikörper seien keine vorhanden; diesem Test zufolge war Harri gesund.

Harri starrte auf das Ergebnis, und er starrte auf die Krankenschwester. Er sah ihre Augen. Sie schauten ihn an. Sie waren freundlich. Irgendwo, weit weg von ihm, spürte er den Atem aus seiner Lunge strömen. Mit feuchten Augen stierte er auf das Blatt und erneut auf die Schwester. Er ergriff das Blatt, faltete es und steckte es in die Tasche. Draußen vor dem Fenster sah man Bewegung, Laubbäume.

Harri verließ den Raum. Er ging aus dem Gebäude hinaus auf die Straße und zu den Ufern von Helsinki. Er wollte zum Markt, geräucherte Heringe essen, Sommerhüte aufprobieren und den Menschen Guten Tag sagen. Er versprach sich selbst, nie mehr Angst zu haben.

Nach fünf Minuten fiel ihm zum ersten Mal auf, dass er sich Sorgen machte: Womöglich hatte er sich beim Test mit der Krankheit infiziert. Er dachte an die schroffen Worte des Mannes, der die Probe entnommen hatte, an seine eckigen Bewegungen und seine schmutzige Art. Im Zug kam Harri auf den Gedanken, dass der Mann ein verrückter, überarbeiteter Arzt war, der den Patienten nun sein persönliches Urteil ins Blut pumpte.

Harri tastete nach seinen Lymphdrüsen. Er war wieder mit seiner Krankheit allein.

6.

Seine Frau krümmte sich in eine Beugung, sie sah konzentriert aus und ließ das Becken kreisen. Harri verfolgte die Szene stumm von der Seite. Als sich die Wehen den Tag über fortsetzten, gewöhnte sich Harri daran und fing an, seine Frau zu unterstützen. Er hatte das Gefühl, energisch zu sein.

In der Nacht im Kreißsaal massierte Harri seiner

Frau die Knöchel. Mit Abstand betrachtete er ihren schmerzverzerrten Gesichtsausdruck und beobachtete die Monitore an den Apparaten, das Pulsieren des Embryoherzens. Er hielt die gesamte Familie mit der Kraft seiner Gedanken am Leben.

Nach all der schmerzhaften und – so kam es Harri vor – erfolglosen und vergeblichen Mühe glitt das Kind am frühen Morgen in eine Stahlschüssel. Es war blaurot und lebendig und viel wirklicher, als Harri erwarten konnte. Schreiend wurde es seiner Mutter an die Brust gelegt, ein blutiges Fohlen, ein Mädchen.

Die Hebamme lächelte Harri schön und offen an, ohne einen Hauch von Kritik. Das rührte Harri dermaßen, dass er sich über das Bett beugte und sich vertraulich nah an seine Frau und sein Kind drückte. Er vermutete, glücklich auszusehen. Es freute ihn, einen so natürlichen und angemessenen Gesichtsausdruck gefunden zu haben. Niemand konnte ihn für untauglich halten, für schlechter als andere Väter.

Als Harri am Vormittag das Krankenhaus verließ, blieb er noch einmal an der Zimmertür stehen. Seine Frau lag auf sauberen Laken im Sonnenlicht. Das mit rosa Wolle zugedeckte Kind schlummerte in ihrem Arm. Eine erleuchtete Baumgruppe flimmerte hinter der Scheibe.

Vor dem Krankenhaus war vom Wunder der Geburt nichts mehr zu sehen. Harris schmutziger Käfer stand auf dem Parkplatz im Schatten.

Zu Hause fiel Harri ins Bett und bemühte sich, die Tagesdecke unter seinem Gewicht herauszuziehen, er ächzte und fluchte, zerrte an dem straffen Stoff. Er bekam einen Zipfel heraus und blieb in komplizierter

Haltung darunter liegen. Er wollte etwas zerreißen. Er dachte an sein neugeborenes Kind und an dessen hilflosen, gedankenlosen Gesichtsausdruck, und er wollte jeden zerfleischen und verschlingen, der das Kind bedrohte. Zwischen seinen Zähnen spürte er die Kraft des Zerfleischens, und er sagte laut:

»Ich zerfleische und verschlinge.«

Im Halbschlaf umarmten Harri kalte Ringkämpfer. Immer wenn er hochschreckte, fiel ihm wieder ein, dass er Vater war. Er wusste nicht, wo er war und wann sie in diese Wohnung gezogen waren und was er tun sollte, aber er erinnerte sich daran, dass er Vater war.

Er holte das Fieberthermometer und hielt es im Liegen unter der Achsel fest, indem er eine Hand auf die Brust drückte. Es kam ihm vor, als tröstete er sich selbst oder als bemühte er sich um Tuchfühlung mit etwas Großem, mit dem Vaterland oder mit Gott.

Fieber hatte er keines. Bis zum Abend lag Harri enttäuscht im Bett.

7.

Während der Besuchszeit hielt Harri das Kind vorsichtig auf dem Arm, mit klammen Händen und weit von sich weg. Das Mädchen war so schutzlos und klein, man hätte ihm Gott weiß was antun können. Wenn er das Kind betrachtete, spürte Harri seine eigene Unsauberkeit, seine Bakterien, die er in das saubere Krankenhaus mitgebracht hatte. Er hielt das Kind noch weiter von sich weg, und als es anfing zu schreien, reichte er es erleichtert seiner Frau.

An der Brust seiner Mutter beruhigte sich das Mädchen. Harri betrachtete es still, er betrachtete seine Frau und sagte dann, er sei ernsthaft krank. Er sagte das streng, als bestrafe er die anderen für etwas.

Seine Frau wirkte entsetzt. Das stieß Harri ab und machte ihn ungeduldig, und sogleich fuhr er sie an, er sei gar nicht krank; er habe sich nur nach Trost gesehnt, aber wie es aussehe, müsse er auch diese Arbeit allein erledigen.

Seine Frau schaute Harri hilflos an, ergriff dann seine Hand und sagte, dass er nicht krank sei; sie war sich sicher.

Harri beantwortete den Griff nicht. Er wollte seine Kapitulation in die Länge ziehen. Er fühlte, dass seine Zukunft nun von der Geduld seiner Frau abhing. Er sagte, man könne sich nie sicher sein.

»Aber man kann sich ausreichend sicher sein«, sagte seine Frau.

Nach der Besuchszeit wiederholte Harri draußen vor dem Krankenhaus die Worte seiner Frau. Er sagte sie an der Wagentür und im Auto vor sich hin. Er startete den Wagen noch nicht. Er würde nun alles ganz ruhig machen. Hierin lag das Geheimnis des Lebens. Man musste ausgeglichen und maßvoll sein. Alles käme in Ordnung. Harri betrachtete die Bäume vor dem Auto, Birken, durch deren Blattwerk die Abendsonne schien, und er spürte, dass sogar die Bäume mit ihrer Ausgeglichenheit seine Genesung verkündeten.

»Ausreichend sicher«, sagte er würdevoll und blickte unverwandt auf die Birken. Er blickte sie lange so an. Er passte auf, nicht den Kontakt zu den echten Zweigen und den echten Blättern zu verlieren, die sein Glück bezeugten. Sein Erfolg hing jetzt von ihnen ab. Er wollte die Augen nicht schließen, die Verbindung noch nicht unterbrechen, noch nicht wieder alleine bleiben. Er nahm wahr, wie sein Blick sich trübte, und schmerzvoll ließ er den Kopf sinken, bevor die Blätter ineinander verschwammen.

Auf der Heimfahrt wurde Harri verfolgt. Er warf einen Blick in den Rückspiegel und spekulierte, dass der Verfolger der eifersüchtige Ehemann war, der nun doch alles erfahren hatte. Der Gedanke kam ihm paranoid, aber so gefährlich vor, dass er kein Risiko eingehen wollte. An der Kreuzung bog er ins Industriegebiet ab. Der Verfolger fuhr geradeaus weiter. Harri hielt an und wartete ab, bis sein Atem wieder gleichmäßig ging. Er rügte und lobte sich selbst. Vielleicht hatte er übertrieben, aber andererseits scherte sich der Tod nicht um Wahrscheinlichkeiten.

8.

Zu Hause zog Harri die Vorhänge zu und schob das Gitterbett an die hintere Wand: Durch das Fenster konnte ein Stein fliegen oder irgendein anderer schwerer Gegenstand, wie man sie in Fensterscheiben wirft. Er machte sich über die Bedrohungen Gedanken, die gegen sie geplant wurden, und überlegte, inwieweit das Zimmer ihnen davor Schutz bot. Er verrückte die Möbel auf der Suche nach einer sicheren und ausgewogenen Ordnung. Die Eckigkeit des Mobiliars störte ihn. Er warf einen Blick durch den Vorhangspalt und wartete darauf, dass ein schwarzer Mercedes auf den Hof fuhr, dass die Türen aufflogen und Männer das Grundstück betraten, deren wilde Blicke nach dem Kinderzimmer Ausschau hielten. Er zog die Kommode halb vor das Fenster. Er prüfte die neue Ordnung des Zimmers und überlegte sich, wie er das seiner Frau erklären würde.

Harri lag schon im Bett, als das Telefon klingelte. Er antwortete unterwürfig und beschwichtigend leise. Es war der Bruder seiner Frau. Er hatte von dem Kind erfahren. Er wollte gratulieren. Er sagte, Harri durchlebe nun eine große Zeit, voller Herausforderungen, dann fing er an, sich an sein Vaterwerden zurückzuerinnern, an seine Sorgen, seine Gefühle der Irritation. Diese interessierten und trösteten Harri. Er spürte, wie er stärker wurde, wie er sich bei jeder Sorge, an die sich der Schwager erinnerte, mehr aufrichtete.

Nach dem Telefonat blieb Harri auf dem Stuhl sitzen. Ihm fiel ein, dass der Bruder seiner Frau ein unschuldiger Mann war. In der Welt der Unschuldigen konnten bloße Lebensveränderungen Kümmernisse hervorrufen, die sich dann von selbst in Luft auflösten. Er würde mit dieser Gnade nicht in Berührung kommen. Er war schuldig, ein untreuer Ehemann. Seine Kümmernisse waren wirklicher Natur. Für ihn hielt das Schicksal eine Strafe bereit.

9.

Harri holte seine Frau und sein Kind nach Hause. Als er sie in der Eingangshalle des Krankenhauses so schutzlos und in eigenen Kleidern sah, sank er in sich zusammen. Er wusste, sie würden nicht klarkommen. Seine Frau stand resolut auf und fragte, wo der Wagen stehe. Harri bemühte sich um die gleiche praktische Einstellung und folgte ihr. Als sie aus der Eingangstür der Klinik traten, schaute er den Leuten herausfordernd in die Augen und sagte leise bei sich: »Hier geht eine Familie.«

Der Käfer sprang nicht an. Harri musste den Zündschlüssel lange drehen, bevor der Motor plötzlich und ohne Vorwarnung antuckerte. Das hielt er für ein Omen.

Während der Fahrt schüttelte Harri die Verfolger zweimal ab. Er erklärte, er habe sich an der Kreuzung geirrt. Seine Frau glaubte ihm und war so unschuldig blauäugig, dass Harri den Rest der Strecke genau und unkompliziert fahren wollte.

Die ersten Tage liefen gut. Wenn er die Windeln aus Gazestoff auswusch, fühlte sich Harri besetzt; wer ihn bedrohen wollte, musste jetzt warten. In der Redaktion spendierte Harri seinen Arbeitskollegen Kuchen und fasste Mut, als er bemerkte, dass sich niemand darüber wunderte: Man hielt ihn für einen ganz normalen Vater.

Auch das Kind spürte Harris Ängste nicht. Das Mädchen lebte in seiner eigenen endogenen Welt, in der alles abwechselnd mal gut und mal schlecht war, und Harri hatte darauf tröstlich wenig Einfluss. Kontakt fand er zu dem Kind nur, indem er es anstarrte, ihm so lange in die Augen blickte, dass er in seine Seele eindrang und das Gefühl hatte, eins mit ihm zu sein. Dann dachte er, das Kind könnte so werden wie er, und er wandte den Blick ab.

10.

Nachts weinte das Kind. Harri hielt es auf dem Arm, beruhigte es an seiner Schulter und ging mit ihm durch die ganze Wohnung. Immer wenn das Kind still wurde, befürchtete Harri, es sei gestorben. Er setzte sich neben das Gitterbett und beobachtete den Atem des Mädchens.

Morgens blickten Harri verdächtige Männer mit stählerner Wachsamkeit in den Augen hinterher. Die Autos gaben feindselig Gas. Von der Türklingel wurde das Namensschild entfernt – eliminiert. Eine kalte Männerstimme sprach am Telefon wie vorbereitet: »Entschuldigung, falsche Nummer.«

Harri begriff, dass an den Vorbereitungen zur Rache bereits eine große Gruppe von Menschen beteiligt war. Daneben erschien ihm die tödliche Krankheit geringfügig, er brauchte sich darüber keine Sorgen mehr zu machen; hier ging nun etwas viel Ernsteres vor, das die gesamte Familie betraf. Noch waren die Vorzeichen dezent, aber sie ließen Harri wachsam sein, und je sorgfältiger er sie wahrnahm, umso gefährlicher kamen sie ihm vor.

Seiner Frau erzählte Harri nichts von seinen Beobachtungen. Er wollte seine Familie beschützen. Zwar deutete er an, »merkwürdige Dinge« zu spüren, gab aber nicht mehr darüber preis.

Seine Frau schienen Harris Anspielungen nicht zu beunruhigen. Sie ermunterte ihn, die Gründe für seine merkwürdigen Zustände in seiner eigenen kranken Phantasie zu suchen. Dort würde er eine Erklärung dafür finden.

Die Haltung seiner Frau heiterte Harri auf und ließ ihn entspannter werden. Die geliehene Munterkeit verschwand allerdings schnell, innerhalb von zwei Minuten war er wieder in seinem allumfassenden Misstrauen versunken. Er sah, wie es geschah. Er konnte sein Versinken von außen mit verfolgen. Er ahnte, dass er merkwürdig war und an Halluzinationen litt, und er wusste, dass ihn das zu einem erbärmlichen Ehemann und einem erbärmlichen Vater machte. Mit seinem Verhalten verdarb er alles, die Ehe und das Leben des Mädchens. Er wollte den Schaden, den er verursachte, sofort beheben. Also riss er sich zusammen, um sich selbst zu versichern, dass es auf der Welt keine bösen Absichten gab, keine Gewalt und keine Möglichkeiten der Gefahr, dass niemand einem anderen Menschen, seinem Nächsten, Schaden zufügen wollte. Er trieb das so weit, dass es sich wie bloßer Selbstbetrug anfühlte und er zu der ursprünglichen Wahrheit von den Gefahren des Lebens Zuflucht nehmen und sich in Erinnerung rufen musste, dass die Wachsamkeit allen zugute käme, seiner Frau und auch dem Mädchen, die beide nichts verstanden und sich auf nichts gefasst machen konnten.

Harri hielt es nun für das Beste, seiner Frau die Gefahren als das zu offenbaren, was sie waren. Sie konnte sie als Hirngespinste entlarven oder aber, wenn sie dazu nicht imstande wäre, aufwachen, die Wirklichkeit erkennen und sich darauf einstellen, ihr zu trotzen. Harri erklärte ihr, er würde mit dem Tod bedroht, und die seltsame Stille kündige die Schreckenstat an. Todesdrohungen führten selten zur Tat, das wusste sicherlich auch seine Frau, aber ihr war die Drohung nicht vorgetragen worden, und gerade das bewies, dass die Absichten echt waren, dass dieser Quälgeist die Mordtat ernsthaft vorbereitete.

Seine Frau musterte Harri nachdenklich und gab dann zu, dass an dem Gedanken etwas dran war: Womöglich führten sämtliche nicht geäußerten Todesdrohungen zum Tod, und genau darum gab es so wenig Menschen auf der Welt.

Harri sah seine Frau lange unverwandt an. Ganz langsam dämmerte ihm, dass sie sich über ihn lustig machte. Eine solche Kälte erschreckte und tröstete ihn zugleich. Er gab ihr Recht, seine Ängste konnten Einbildung sein. Aber wenn er nachlässig wurde und sich gleichgültig gab, könnten sie sich bewahrheiten, und das zog seine Frau nicht in Betracht. Unglücksfälle ereigneten sich immer überraschend dann, wenn man sie am wenigsten erwartete; nur ein einziger unvorsichtiger Schritt trennte den sonnenbeschienenen Gehsteig von den donnernden Lastern. Darauf wusste seine Frau nichts zu sagen.

Harri verstand, dass sie es nicht böse meinte, sie war nur gutgläubig, aber gerade mit ihrer Gutgläubigkeit wiegte sie die Familie ins Verderben. Harri mochte das noch ertragen, aber wegen des Kindes musste er eingreifen. Was allein an Krankheiten durch seine Frau in die Wohnung dringen konnte. Harri war fähig, einen Bogen um die Menschen und die Bakterien, die sie absonderten, zu machen, er konnte den Atem anhalten und sich die Hände desinfizieren, aber das war vergebens, wenn seine Frau nicht auf die gleiche Weise verfuhr. In den einfachsten Alltagsdingen verursachte sie Gefahren. Sie erkannte die Risiken nicht. Sie kaufte Lebensmittel, die im Geschäft unter Umständen noch sicher aussahen, denen aber schon zu Hause alles Offizielle abhanden gekommen war. Harri war gezwungen, die Tüten zu untersuchen, die zweifelhaftesten Produkte in den Müll zu werfen und gleichzeitig seine Frau zu beschwichtigen: Vom Essen bekämen sie ihr Geld auch nicht zurück, vom Essen bekämen sie aber eine Lebensmittelvergiftung.

Harri machte sich Gedanken über die Hinterlist und die Zähigkeit der Bakterien. Selbst wenn er sich einen Moment lang gut fühlen sollte, müsste er doch essen und sich somit dem Schicksal ausliefern. Sogar Jahre zurückliegende Mahlzeiten setzten ihm zu. Er begriff nicht, warum er so obskure Gerichte zu sich genommen hatte. Was hatte ihn veranlasst, 1992 in Stockholm diesen Meeresfrüchtesalat zu verschlingen? Speisen im Fernsehen sahen in seinen Augen bei langen Einstellungen verdorben aus, und wenn die Sendung älter war, fragte er sich, wo sich die belegten Brote des Films jetzt befanden: War ein Teil ihres Schmutzes in seinem Darmkanal gelandet?

II.

Das nächtliche Weinen hielt an. Harris Frau ging mit dem Kind zur Beratungsstelle und berichtete, Regeln für ein Schlaftraining bekommen zu haben. Man sollte das Kind schreien lassen. Man durfte es nachts nicht auf den Arm nehmen.

Harri testete seine Frau, um eine Lücke in ihrem Bericht zu finden, um ihre grausamen Absichten zu entlarven. Als sie bei ihren Worten blieb, rief Harri in der Beratungsstelle der Nachbargemeinde an.

Die erste Nacht hörte sich Harri das schmerzerfüllte Gebrüll des Mädchens auf dem Klo an. Er saß dort mit den Händen auf den Ohren, bis er zu dem Mädchen ging und es auf den Arm nahm.

Die zweite Nacht schrien sie sich gegenseitig an, Harri seine Frau, sie ihn, und das Mädchen auf Harris Arm all das Undefinierbare, das es quälte.

Am dritten Abend beugte sich Harri dem Willen seiner Frau: Er verließ die Wohnung, ging zu Fuß ins Zentrum und betrat das einzige Hotel der Stadt. Als der Bedienstete ihm das Anmeldeformular reichte, zuckte er zusammen, er hatte das Gefühl, nun für seine Taten zur Verantwortung gezogen, des Verbrechens überführt zu werden. Er trug die Adresse seiner Eltern ins Formular ein und als Anlass des Aufenthaltes berufliche Gründe. Er spürte das Rot des Lügners auf seinen Wangen, und als er sich umdrehte und mit dem Schlüssel in der Hand in die erste Etage stieg, wartete er darauf, dass ihn der Bedienstete zurückrief.

Im Zimmer sperrte Harri die Tür ab und setzte sich

aufs Bett. Er wusste, in diesem Augenblick überprüfte der Bedienstete gerade seine Angaben. Er öffnete das Fenster und lauschte auf die anbrechende Nacht der Kleinstadt und bereitete sich auf die Ankunft der Polizei vor. Lange wartete er am Fenster. Er hörte den Wind rauschen und die gedämpften Geräusche einzelner Autos, und er hörte ihnen so lange zu, dass er sich seines eigenen Körpers und seines Atems bewusst wurde, er spürte die Hitze in seinen Gliedern und die Stille des Hotelzimmers hinter seinem Rücken.

In einem anderen dunklen Zimmer schrie sein Kind seine Not heraus. Er hatte ein Kind in die Welt gesetzt und war in ein Hotel gegangen.

12.

Als sie das Schlaftraining abbrachen, fing das Kind an, nachts gut zu schlafen. Harri fand keinen Schlaf. Er drückte sich vor der Müdigkeit. Sie konnte die Wachsamkeit lähmen und dem Bösen freien Lauf lassen.

Nachdem seine Frau und sein Kind eingeschlafen waren, blieb Harri in der Küche, um die Messer zu sortieren. Er legte sie an ihren Platz und schwörte, sie niemals zu gebrauchen, nie böse zu sein. Mordwaffen gab es überall: Er würde mit Möbelstücken zertrümmern, mit Stromkabeln würgen können. Mit Leim könnte er die Atemwege von Frau und Kind verstopfen, mit dem Käsehobel die Haut beschädigen. Er ordnete die Waffen in der Küche, deutete mit dem Finger auf sie und sagte halblaut ihre Namen auf und für welchen Zweck man sie benutzte.

Um Mitternacht saß Harri regungslos auf dem Sofa. Der Mörder reckte im Ankleidezimmer die Glieder, sie waren ihm im Laufe des Tages eingeschlafen. Es raschelte und polterte, als er in die Diele trat. Er war kurz in der Türöffnung zu sehen, dann kauerte er sich in den Schatten der Möbel. Würde Harri aufstehen und ihm den Rücken zukehren, würde er ihm das Filetiermesser zwischen die Schulterblätter stoßen. Der Stich wäre nicht tödlich, Harri würde dahinsiechen und zuschauen müssen, wie der Verrückte jubelt und die Stereoanlage brüllen lässt und mit dem blutigen Messer in die Wand ritzt: ISCH KILL DISCH. Harri stand auf und drehte die glotzenden Augen der Stofftiere zur Wand. Die Holzskulptur brachte er auf den Balkon. Als seine Frau auf die Toilette ging, ihn auf dem Balkon sah und sich wunderte, was er dort mit der Skulptur in der Hand getan hatte, sagte er, die Figur habe ihn verdächtig angestarrt. Seine Frau sagte dazu erst einmal nichts. Sie schüttelte nur den Kopf und wollte schon die Schlafzimmertür zumachen, als sie sich noch einmal umdrehte, Harri freundlich ansah und sagte: »Sie hat bestimmt dumm geguckt, weil du sie raus in die Kälte getragen hast.«

Harri blieb im Wohnzimmer, um über die Worte seiner Frau nachzudenken. Er war dankbar dafür, er versank in die Obhut dieser Worte. Durch den Halbschlaf hindurch hörte er jemand im Treppenhaus gegen Türen treten. Jedes Mal, wenn er aufschreckte, hörte das Dröhnen auf. Nur eine rostige Wetterfahne drehte sich irgendwo. Harri stand auf und überprüfte die Wohnungstür. Der Killer hatte ein Kaugummi auf den Türspion gedrückt. Harri spürte eine verdächtige Kraft und Absicht an der Türklinke. Er hielt dagegen und streckte die andere Hand zum Telefon aus. So kämpfte er lange. Der Eindringling gab zuerst auf. Harri ließ vorsichtig los, er legte die Stirn an die Tür, keuchte und spürte die Wärme und die Feuchtigkeit seines Atems.

In den frühen Morgenstunden schlief Harri mit Unterbrechung. Noch einmal kontrollierte er alle Zimmer und Schränke sowie die Schubladen der Kommode; er hatte im Schlaf Zigarettenqualm gerochen. Er überprüfte alles, um sicherzugehen, dass niemand in der Wohnung war, dann ging er wieder schlafen, lag auf dem Bett und sah einen hellen Ring aus Zigarettenqualm durch den Türspalt hereinschweben. Als er dann die Augen schloss, öffnete sich ein Korridor in die Finsternis. An dessen Ende stand eine Frau, seine Tagesmutter von früher. Ihr Rocksaum brannte. Sie kam auf ihn zu, bis zum Morgen kam sie auf ihn zu. Beim Aufwachen taten Harri die Zähne weh. Die Spucke bestand aus Blut.

13.

Harri rief oft seine Eltern an. Er hatte sie jetzt so viel zu fragen. Er wollte hören, wie seine Geburt für sie gewesen war und wie sie alles überstanden hatten. Er versuchte, das Gespräch auf sich zu lenken, aber die Eltern schienen es nicht zu merken, sie sprachen von dem Mädchen und wollten seine Stimme hören.

Zum Vatertag fuhr Harri nach Hause zu seinen Eltern. Er wollte überprüfen, ob er dort noch dasselbe Gefühl von Sicherheit antraf wie als Kind. Er wollte es herausfinden, obwohl er nicht wusste, wie sich die Antwort auf ihn auswirken würde; er hatte den Verdacht, auf jeden Fall enttäuscht zu werden.

Am Bahnhof holte ihn seine Mutter ab. Sie sah nach sich selbst aus, nach einem erwachsenen Menschen, dem die Gefahren dieser Welt nichts anhaben konnten, viel stärker und größer als Harri selbst. Harri musste sich in einem gesonderten Gedankengang klar machen, dass seine Mutter fünfzehn Zentimeter kleiner war als er.

Im Auto erzählte die Mutter, Vater sei zum Ferienhaus gefahren. Das war ihr peinlich, sie verteidigte Vater, sagte, es müsse jetzt einfach alles winterfest gemacht werden. Für Harri war das eine erfreuliche Nachricht, ihn interessierten viele Dinge, für die er sich genierte, nun konnte er mit seiner Mutter unter vier Augen darüber reden. Er wollte von Anfang an offen sein, wollte plappern, nach seiner Kindheit fragen und nach seinen damaligen Ängsten. Er redete wie ein Wasserfall und ereiferte sich so, dass er lange brauchte, bis ihm auffiel, dass seine Mutter gar nicht zu antworten vermochte, dass er von ihr kein echtes und unmittelbares Bild seiner Kindheit bekommen würde.

Stattdessen fing die Mutter an, sich an ihre eigenen Ängste zu erinnern. Sie erzählte, einst habe ihr die Stadt sehr viel Angst gemacht, schließlich war sie ein Mädchen vom Land. Die Wände der Mietshäuser waren ihr dünn und unsicher vorgekommen, und wenn Vater unterwegs war und sie zu zweit in der Wohnung waren, hatten sie die Geräusche im Haus erschreckt, und sie hatte Harri fest an sich gedrückt.

Mutter wusste auch noch, dass Harri eher mutig als ängstlich war – hatte ihm ein Gespenst in einem Bilderbuch einen kurzen Schrecken eingejagt, dann richtete er schon am nächsten Tag die Spielzeugkamera darauf und rief: »Gespenst, bitte lächeln!« Solche Szenen hatten Mutter sehr ermutigt und getröstet. Elend gefühlt hatte sie sich die wenigen Male, wenn Harri vor etwas Angst gehabt hatte und sie überhaupt nicht fähig gewesen war, ihn zu trösten – wenn Harri von einer Fernsehsendung erschüttert gewesen war oder Alpträume gehabt hatte. Gewiss hatte sie in der Finsternis der Nacht zu versichern versucht, die Schrecken seien nur ein böser Traum gewesen, aber dabei habe sie an ihren eigenen Worten gezweifelt, sie hatte auf die Stille gelauscht, in der Ahnung, dass Harri vielleicht gar keinen Alptraum gehabt, sondern durch den Schlaf hindurch wirkliche Anzeichen einer näher kommenden Gefahr gehört hatte. Ferner erinnerte sich Mutter daran, wie Harri einmal mitten aus einem Alptraum heraus beteuert hatte, sich vor nichts zu fürchten, wenn nur der Morgen käme, und wie sie Harri um seine Zuversicht beneidet hatte, da sie sich selbst so sehr vor dem kommenden Tag fürchtete.

Harri starrte seine Mutter an und dachte an all die Dinge, die für ihn neu waren, und es kam ihm sonderbar vor, noch nach so vielen Jahren neue Dinge zu hören. Er musterte Mutters Gesicht, die nervösen Zuckungen ihrer Augenlider, die kleinen, geringfügigen Gesichtsausdrücke, die er kannte, denen er aber bislang keine Bedeutung beigemessen hatte. Er schaute sie so genau an, dass sich in jeder Miene Inhalt ansammelte und er das Gefühl hatte, im Gesicht seiner Mutter all die Ängste zu erkennen, die sie erfahren hatte, all die bedrückenden Abende damals und heute und all das Geheime, das diese banalen Tage und der ewig graue Himmel nie zum Vorschein gebracht hatten. All das war im Gesicht der Mutter versteckt. Es war schon immer darin gewesen. Womöglich sah er so etwas im Gesicht eines jeden Menschen, jetzt, da er es zu suchen gelernt hatte.

Harri spürte, dass seine Mutter sprach, aber ihre Worte hörte er nicht mehr. Er hörte den Rhythmus, den vertrauten Takt, die Melodie, die auch die Melodie seiner Redeweise war, und das fühlte sich gut an.

Als Harri am Samstagmorgen im Haus seiner Eltern aufwachte, sah er die Sauberkeit seines Zimmers. Er betrachtete sie und das Sonnenlicht, das sich in der Tür auftat, und erinnerte sich, wie er nach der Schule dasselbe Licht angeschaut hatte, wie er im Wohnzimmer gesessen und nur den Sonnenschein auf den Teppichen und an den Wänden angestarrt hatte. Nun betrachtete er ihn vom Bett aus und überlegte, wie er ihn mitnehmen konnte in sein jetziges Zuhause und ob er ihn dort beschützen würde.

Am Vormittag, als Mutter aufbrechen musste, um Vater abzuholen, schlug sie vor, Harri solle fahren: Sein Vater hätte bestimmt vieles mit ihm zu bereden.

Harri fuhr und dachte während der ganzen Fahrt über Gesprächsthemen für Vater nach. Beim Ferienhaus angekommen, war er erleichtert, alles schien ganz selbstverständlich zu gehen, er hatte keine Scheu, seinem Vater in die Augen zu schauen. Beinahe kam es ihm vor, als schätzte der Vater ihn, als freute er sich an seiner Gesellschaft.

Sie putzten gemeinsam die Sauna, kehrten überall und lagerten Sachen ein. Irgendwann am Nachmittag verschwand der Vater. Harri lief um das Häuschen herum und blickte den Zufahrtsweg entlang. Er fing an, vorsichtig und mit sorgloser Stimme zu rufen. Er ging in den Schuppen und stand dort, spürte den Würgegriff der Angst um seinen Hals. Er ging auf die Veranda des Ferienhauses und lauschte der Stille, die etwas Düsteres bezeugte. Vor dem linken Fenster blinkte etwas auf. Vater stand unten auf der Spitze der Halbinsel und angelte. Harri holte tief Luft, ging zum Ufer hinunter und setzte sich auf einen kalten Stein neben seinen Vater. Der Vater hörte Radio. Harri saß lange da und schaute ihm beim Angeln zu. Jedes Mal, wenn er versuchte, etwas zu sagen, hob der Vater seinen Kopfhörer etwas an und fragte mit lauter Stimme: »Was?«

14.

Auf der Heimfahrt im Zug starrte Harri auf die Wälder, die sich im Dunkeln abzeichneten. Er dachte an die Ängste der letzten Monate zurück und wollte alle um Verzeihung bitten. Er wollte stark sein und unversehrt und endlich seine Verantwortung tragen, Vater sein. Er richtete sich auf und ergründete, wie ein Mann aussieht, dessen ganzes Wesen Verlässlichkeit ausstrahlt sowie die Botschaft: »Ich mache das.« Er wusste nicht, ob er solche Menschen mochte, aber er wollte so einer sein. Auf seinem Sitz probierte er einige resolute Haltungen aus und spürte, wie die Straffheit der Muskeln die Ängste vertrieb: Bald war nur noch tief in den Gliedern eine entfernte Spannung von ihnen übrig. Diese angespannten, beklommenen Stellen waren überall zu spüren, auf der Stirn, in den Beinen und in den Armen. Harri versuchte sie nach und nach zu entspannen. Jedes Mal, wenn er schon hoffte, völlig entspannt zu sein, fand er wieder eine ängstliche Anspannung in den Schultern, in den Augen oder in der Mundpartie.

Am Montagmorgen auf der Arbeit schreckte Harri vor den Menschen zurück. Wenn er grüßte, hörte er seine ängstliche Stimme. Er befürchtete, seine Schwäche könnte sichtbar sein, und versuchte sich in Erinnerung zu rufen, wie er vor der Geburt des Kindes aufgetreten war, worüber er gesprochen und wie er seine Arbeit erledigt hatte. Er spielte sich selbst, kam dabei mit seinen Worten nicht voran, stolperte und blamierte sich. Er sah, wie seine Ungeschicklichkeit die Kollegen konfus machte.

Als Harri auf dem Heimweg über sein Benehmen und über all das, was er an diesem Arbeitstag und während der vergangenen Wochen gesagt hatte, nachdachte, erstarrte er immer wieder vor Scham. Er wollte seine Taten sühnen, wollte sofort zur Arbeit zurückkehren und alles erklären – Wahnsinn simulieren oder sich umbringen und auf diese Weise sein Verhalten wieder gutmachen. Im Geiste formulierte er Abschiedsbriefe, bis er begriff, dass die Bitterkeit der Botschaft noch mehr kränken und er sich noch mehr schuldig machen würde.

In der Stadt, inmitten fremder Menschen, konnte

Harri sich tröstlich anonym und gestaltlos fühlen. Den Leuten, die ihm entgegenkamen, hatte er nichts Böses getan. Zwar wusste er, dass er manch einen verletzte – er ging unachtsam, drängelte und schubste und überholte die Menschen so dicht, dass sie sich sein Gesicht einprägten, um sich später zu rächen –, aber als er sich zwang, weiterzugehen, ließen die Ängste nach, und er erreichte das nächste Viertel, wo von seinen Fehlern noch nichts bekannt war.

Zu Hause lag Harri unter der Decke und wägte seine Überlebenschancen ab. Er wollte nicht fliehen, das erschien ihm anstrengend. Als ihm bewusst wurde, dass er ein Auto panzern und bei Tornio die Grenze nach Schweden überqueren konnte, gefiel ihm daran nur der Gedanke des Weggehens, der erste Rausch und die Hoffnung auf Rettung. Er träumte von einem vollkommenen Ruhezustand, von zwei Schläuchen: Der eine führte ihm Nahrung zu, der andere führte die Schlacke ab; von staatlichen Schläuchen, an denen er leise pulsierte. Er träumte von Verstecken, die er gesehen hatte. Vom Auto aus hatte er sich verlockende Nischen unter Brücken und dichtes Gestrüpp am Straßenrand angesehen. Am Busbahnhof hatte er den Laderaum eines Express-Busses taxiert und sich in dessen dunklen Schutz gesehnt. Er hatte raffinierte Verstecke bemerkt, hohle Reklamegestelle, den geräumigen Sockel des Fertigkostregals im Supermarkt. Er malte sich das perfekte Versteck aus, in dem er leise atmen könnte und eins wäre mit den ihn umgebenden Wänden.

Seine Frau und sein Kind wollte Harri nicht verstecken. Sie waren normal, und er ahnte, dass die Normalen verschont blieben, dass die Normalen durch ihre unbefangene Natürlichkeit geschützt waren. Er war zu Tränen gerührt, als er an das Verschonen seines Kindes dachte. Das brachte ihm Bilder aus den unerschütterlichen Jahren der Kindheit in Erinnerung, Bilder von klaren Gewässern und Wiesen. Erneut erinnerte er sich daran, wie er erbärmlich und von der Dunkelheit aufgezehrt im Nachtzug saß und wie er die Funken sah, die vom Umschmelzwerk zum Himmel flogen, und wie sie ihn aufmunterten. Es kam ihm sonderbar vor, Angst haben zu müssen, wo er doch so schöne Erinnerungen in sich trug. Es waren mehr, als er jemals erinnern könnte. Es waren mehr als die zum Himmel fliegenden Funken. Und als er das dachte, kam ihm zum ersten Mal in den Sinn, dass auch die Ängste von irgendwo herkamen, wie die schönen Erinnerungen.

15.

Im Winter begann seine Frau, über ihre Arbeit zu sprechen. Sie sagte, sie würde den Anschluss verlieren. Die Zeit laufe ihr davon, sie müsse wieder zur Arbeit zurückkehren. Außerdem brauche das Kind allmählich die Gesellschaft von Gleichaltrigen.

Harri schaute das acht Monate alte Mädchen an, das sich am Bücherregal aufrappelte und schwankend auf der Stelle stehen blieb. Dieses Opfer wollte seine Frau in fremde Hände stoßen. Harri fragte, an welche Art von Betreuung seine Frau gedacht hatte, und sie antwortete fröhlich, das sei ihr ganz egal.

Harri musterte seine Frau, ihre unnahbar robuste

und gesunde Erscheinung, die er bewunderte und verabscheute. Er verstand nicht, warum sie sich bei ihm abkämpfte: Viel natürlicher wäre es ihm vorgekommen, wenn sie ihm eines Abends den Schlüssel abgenommen und ihn mit müder Geste hinauskomplimentiert hätte – ohne einen Mucks hätte er die Tür hinter sich zugemacht und sich draußen in einer Ecke des Carports verkrochen. Aber seine Frau ertrug und tolerierte ihn, als hätte sie sich aus irgendeinem Grund, den Harri nicht kannte, zu dieser Verbindung verpflichtet. Der Grund dafür mochte reine Faulheit oder allgemeine Gleichgültigkeit sein. Aber manchmal, in seinen schwachen Momenten, hatte Harri den Verdacht, seine Frau habe ein bestimmtes Ziel im Auge, nämlich ihm wenn nicht Schaden zuzufügen, so doch das Genick zu brechen, und dass sie nur deshalb noch in der Ehe ausharrte.

Denn seine Frau half ihm nie, sie munterte ihn nicht auf, erklärte seine Ängste auch nie als Illusionen. Harri hatte sogar das Gefühl, dass sie überhaupt nicht an seine Not dachte, obwohl sie in denselben Räumen wohnten. Die Schreckensbilder reichten einfach nicht an ihr ausgeglichenes Gemüt heran. Sie nahm sie überhaupt nicht wahr. Sie selbst nahm jeden Trost ganz ungezwungen entgegen und brauchte ihn womöglich auch, aber sie kam nicht auf die Idee, auch welchen zu geben. Sie kam nicht dazu. Sie musste vorm Spiegel stehen und überlegen, ob ihr der Pony stand und ob sie sich engere Hosen kaufen sollte. Solche Dinge beschäftigten seine Frau. Tiefer hatte Harri sie nicht kennen gelernt. Er wusste nicht, wovor sie Angst hatte. Er kannte ihre Gedanken und Wünsche nicht. Wenn ihn manchmal jemand fragte, wie es seiner Frau ging, starrte er den Fragenden hohl an, als fiele ihm gerade in diesem Augenblick ein, dass er eine Ehefrau hatte. Er wusste nicht, was sie vom Leben wollte. Für ihn hatte es den Anschein, als wüssten die anderen Menschen das selbst nicht. Er wusste es. Er wollte in Sicherheit sein.

Nur wenn Harri sah, wie sich seine Frau über das Gitterbett beugte und dem Kind zuredete, hatte er das Gefühl, sie zu verstehen. Dann erlebte er ihr elementares Dasein und spürte die Gewissheit, derselben Art wie sie anzugehören. Der Anblick munterte Harri auf, er ließ ihn hoffen, denselben Zuspruch erfahren zu dürfen, und wenn er dann in seinen Erwartungen enttäuscht wurde, war er überzeugt, vielleicht zu Unrecht, dass gerade die Kälte seiner Frau seine Ängste ausgelöst hatte – dass die Gleichgültigkeit des Menschen, der ihm am nächsten stand, seine Sinne verzerrt und ihm die Grundsicherheit geraubt hatte.

Seiner Frau offenbarte er seine Gedanken nicht.

16.

Bei der Besichtigung der Tagesstätte schlug ihm bereits an der Eingangstür grauer Mief entgegen. In der Luft lagen der Kohlgestank von Anstaltsessen und der muffige Geruch nach Winteroveralls und Stiefeln. Harri wurde von dieser Mischung mit der gleichen Wucht und Geschwindigkeit wieder hinausgedrängt, mit der er hereingekommen war. Er machte im Windfang kehrt, huschte durch die Tür und stürzte über den Hof, Déjà-vus vor Augen, Bewegungen, Gezerre, Gesichter mit triefendem Rotz und einsam auf dem Boden hockende Kinder. Er merkte gar nicht, wie er den Hof überquerte. Er bemerkte erst eine Weile später, dass er auf dem Bürgersteig stand, am Tor lehnte und die Straße in beide Richtungen entlangblickte und wie sich seine Übelkeit allmählich legte.

Seine Frau und das Kind blieben drin. Als sie schließlich herauskamen, wollte Harri wissen, ob das Kind irgendetwas angefasst hatte, ob es auf dem schmierigen Boden gekrochen war oder nach schleimigen Spielsachen gegriffen hatte. Falls ja, musste man ihm sofort die Hände waschen. Außerdem erzählte er seiner Frau von seinem Freiheitsrausch und von der frischen Luft, die er hier draußen hatte genießen dürfen, und er drängte sie, das auch wahrzunehmen. Seine Frau gab zu, es sei in der Tagesstätte tatsächlich warm gewesen. Harri sprang in die Luft und verkündete, es sei also alles gut, sie waren einer Meinung über die Nutzlosigkeit der Tagesunterbringung; warum sich binden, sich unterordnen und unterwerfen, wenn die Welt offen stand, warum Zäune errichten, wenn man Brücken bauen konnte. Seine Frau seufzte und erklärte, das Mädchen ab nächsten Monat in der Tagesstätte angemeldet zu haben.

Am Abend war das Kind weinerlich. Harri wusste, dass es krank wurde, beschloss aber, ruhig zu bleiben und die Krankheit für sich sprechen zu lassen; seine Frau würde sich von den Gefahren der Tagesstätte überzeugen lassen, wenn sie die Folgen sähe. Harri war übertrieben geduldig und liebevoll. Das reizte das Kind sofort. Es schrie, als er es zärtlich auf den Arm nahm. Es wehrte sich, als er fester zugriff. Es biss ihm in die Schulter, und er schrie vor Schmerz, drückte das Kind auf die Matratze und brüllte, die Tagesstätte habe sie alle kaputtgemacht.

Noch spät in der Nacht weinte das Kind, gleichmäßig schmerzvoll schluchzend. Harri versorgte es nun am Bettrand, maß Fieber und tröstete es. Er tröstete es so lange, bis sich das Wimmern des Kindes für ihn unnötig und höhnisch anhörte. Ihm fiel ein, dass ein Kind Grenzen braucht, Disziplin, Klarheit darüber, was es tun durfte und was nicht, und er fragte es, wo es wehtat. Er deutete auf sein Ohr, auf den Bauch und den Kopf und das Bein und sagte, wenn es nicht wehtut, darf man nicht schreien. Er sagte es mehrmals. Schließlich schrie er es dem Kind aus zehn Zentimeter Entfernung ins Gesicht. Das Kind heulte mit rotem Rachen. Seine Frau verlangte von Harri aufzuhören, und zog ihn am Hemd, sie sagte immer wieder, das Mädchen sei doch noch ein Baby.

Die Heftigkeit des Kampfes hetzte Harri auf, weiterzumachen. Er wollte zeigen, dass er nur aus eigenem Willen aufstehen würde. Er versteifte sich, um allen Versuchen seiner Frau zu widerstehen. Er ließ Zeit vergehen und riss sich dann plötzlich los und verließ das Zimmer, wobei er sich das Gesicht rieb. Er wollte es kaputtreiben. Das Kind schnappte im Bett nach Luft. Er hörte, wie seine Frau es tröstete.

Als Harri in den frühen Morgenstunden wieder ins Schlafzimmer kam, schlief das Kind. Es sah hilflos aus, und die Haare waren von Schweiß verklebt. Harri betrachtete es und wusste, dass es auf der Welt nichts anderes für ihn gab. Er streifte die Wange des Kindes und hoffte, die Berührung würde als zartes Bild in den Schlaf übertragen. Er ging ins Bett, lag mit offenen Augen da, lauschte auf die Nacht und dachte an seinen guten Willen, den er viele Stunden lang zu nichts gebrauchen konnte.

17.

Gleich am Morgen rief Harri die Nummer an, die ihm seine Frau gegeben hatte. Er stellte sich resolut vor, aber nachdem die Grußformel ausgesprochen war, wusste er nicht weiter. Er dachte, dass der Psychologe seltsame Menschen gewohnt war und blieb mutig still.

Der Psychologe erkundigte sich, ob Harri etwas Bestimmtes im Sinn hatte, über das er reden wollte. Harri gab das demütig zu und fing an, hastig und in einem Schwall seine Ängste aufzuzählen. Sie kamen ihm ernst vor, aber er wusste nicht, was der Psychologe von ihnen hielt; ob sie ihn zu diesem Gespräch und zum Status des Patienten berechtigten.

Der Psychologe hörte sich den Vortrag ohne zu unterbrechen an, er lobte nicht und regte sich nicht auf. Er stellte nur ruhig fest, sie könnten einen Termin vereinbaren. Harri fragte, ob der Psychologe sicher sei, und der Psychologe sagte, das sei er: Sie sollten sich treffen.

Harri hatte zuvor das Telefon ins Schlafzimmer gezogen, die Vorhänge zugemacht und das Licht gelöscht, und nun saß er allein im Dunkeln und hörte dem Psychologen zu, der fand, sie sollten sich treffen.

18.

Die Praxis befand sich im Gesundheitszentrum auf demselben Flur wie der Zahnarzt und die Logopädin. Harri setzte sich zwischen Schülern auf eine Bank, hörte den Aufrufen zur Zahnuntersuchung zu, dem Heulen und Schnurren der Bohrer und wartete, bis er an der Reihe war.

Als der Psychologe seine Tür öffnete, wunderte sich Harri: Niemand verließ den Raum. Der Psychologe hatte allein dort gesessen und sich auf diesen entsetzlichen Fall vorbereitet. Harri zwang sich, einen aufgeweckten Eindruck zu machen, und ging hinein, als käme er in einer völlig anderen Angelegenheit, als wollte er dem Psychologen helfen, die Jalousien zu reparieren oder den Computer anzuschließen. Er wollte sich effizient verhalten, ohne verrückt zu spielen.

An der Wand neben Harri hingen Kinderzeichnungen, auf dem Fußboden lagen Bauklötze und Puzzles. Im Bücherregal waren in schiefen, kippenden Reihen einschlägige Fachbücher zu erkennen. Der Psychologe, ein liebenswürdig wirkender Mann mittleren Alters, setzte sich Harri gegenüber hinter einen kleinen Tisch. Er blickte Harri in die Augen und fing an, sich an das zu erinnern, was ihm Harri am Telefon erzählt hatte. Er erinnerte sich so gut daran, dass Harri vermutete, er habe die Liste auswendig gelernt.

Als der Psychologe von der Richtung, die er vertrat, sprach und vom Ablauf der Behandlung und deren positiven Auswirkungen auf die Probleme, wurde Harri schläfrig. Er war nicht mehr fähig zuzuhören. Er war todkrank, von Bedrohungen umzingelt und nahe daran, in der Praxis eines Psychologen des Gesundheitszentrums einzunicken. Er stemmte sich gegen seine Müdigkeit und versuchte, sich eine einzelne Weisheit oder einen Aphorismus einzuprägen.

Als Harri selbst von seinen Problemen berichten durfte, wurde er munter. Er hatte Angst, der Psychologe könnte gähnen, von seinen geringfügigen Leiden gelangweilt sein, darum sprach er wirkungsvoll und lebendig und ließ die Geschichte von einer Angst zur nächsten vorwärts schreiten. Bald bemerkte er, dass er angeregt über uralte Dinge redete, die mit den gegenwärtigen Gefahren nichts zu tun hatten, und das frustrierte ihn und tröstete ihn zugleich auf undefinierbare Weise.

Als Harri schwieg, teilte der Psychologe mit, die Stunde sei um. Sie vereinbarten einen neuen Termin und schauten einander schweigend an. Harri verstand, dass er sich erheben sollte. Er tat es forsch. Er wollte dem Psychologen gefallen und sich entfernen, ohne ihm Mühe zu bereiten. Der Psychologe geleitete ihn zielstrebig auf die Tür und die Gefahren der Außenwelt zu, als könnte in Harris Leben nun eine Woche lang nichts Böses geschehen. Als bliebe die Zeit jetzt stehen, und alles Wesentliche fände in diesem kleinen Zimmer statt. In dieser Annahme verließ Harri den Raum.

19.

Harri merkte die Wirkung der Behandlung nicht, aber er setzte seine Besuche fort. In der Praxis war er in Sicherheit. Dort waren alle wohlwollend. Wenn er daran dachte, wie normal und rechtschaffen der Psychologe war, wie normal und rechtschaffen die Möbel in der Praxis waren und wie selbstverständlich er inmitten dieser Rechtschaffenheit und Normalität aufgenommen worden war, fühlte er sich einen Augenblick lang normal. Und als er den Anflug dieser Möglichkeit gesehen hatte, wünschte er sich, es möge ihm in nicht allzu langer Zeit gelingen, sie mit auf die Straße zu schmuggeln. Nach seiner Stunde hüpfte er froh die Treppe hinunter, aber schon an der Eingangstür oder spätestens auf der Straße fiel ihm ein, dass er etwas falsch gemacht hatte, was ihn dazu veranlasste, sich verstohlen umzublicken.

Seine Frau ging wieder zur Arbeit, und das Kind lernte laufen. Im Mai, am Morgen des ersten Tages in der Tagesstätte, war starker Wind, es stürmte fast, aber Harri roch den muffigen Schweiß der Umkleideräume und den Staub an den Seilen im Turnsaal. Die langen Wände der Häuser in der Kleinstadt wirkten unfreundlich und böswillig. Harri schaute das im Kinderwagen sitzende Mädchen an, und es kam ihm vor, als bringe er das Kind zum Schlachten. Er hatte eine Familie und betrachtete sie jetzt womöglich zum letzten Mal. An diesen Morgen würde er sich für den Rest seines Lebens erinnern müssen. Er spürte, dass er etwas unternehmen musste, aber als er einen Blick auf die entschlossene Miene und den Gang seiner Frau warf, wusste er, dass er über nichts Haltbares verfügte, auf das er sich berufen konnte, nichts, was seine Frau aufhalten könnte. Er blieb vor dem Tor zur Tagesstätte stehen und sah zu, wie seine Frau das Kind hineinbrachte. Torkelnd lief das Mädchen geradewegs in den Schoß des Bösen.

Harri setzte seinen Weg zur Arbeit fort. Im Park sah er weit vor sich am Ende eines langen Weges einen grauen Klumpen liegen. Er hoffte, es wäre Sand oder vom Wind aufgehäufter Müll, aber als er näher kam, erkannte er, dass es ein Hase war. Ihm fehlte der Kopf. Die Hinterläufe waren an einer Seite des Kadavers in derselben Position zusammengefaltet, in der Harri abends schlafen ging. Der Hals war sauber abgetrennt, wie mit einem Messer. Harri eilte weiter, aber er wusste nicht mehr, wie man ging, das linke Bein versuchte zwei Schritte auf einmal zu machen.

Bereits eine Stunde später an seinem Arbeitsplatz war Harri ausgelassen und locker. Er begriff, dass vor einem bedrohlichen Unbekannten, der zu einer solchen Genialität fähig war, keine Flucht möglich war. Er konnte gelassen auf sein Schicksal warten. Er war frei. Erst auf dem Heimweg kam er auf den Gedanken, dass sich in einem Hasenkadaver Krankheiten bilden konnten, dass die Krähen an dem verwesten Körper picken und die Viren mit ihren Ausscheidungen auf den Klettergerüsten im Hof des Kindergartens verbreiten konnten, von wo sie das Mädchen in den Mund bekommen und nach Hause bringen würde.

20.

Harri kündigte. Das Mädchen war einen Monat in Betreuung gewesen und hatte überlebt, aber das Glück konnte nicht ewig anhalten.

Der Chefredakteur war einverstanden, er hatte Verständnis, war fast gerührt, als er von Harris schwieriger Situation erfuhr, davon, wie schlecht es dem Kind in der Tagesstätte ging und wie die kostbare Kinderzeit vorübereilte ohne die Fürsorge der Eltern. Er nickte zu Harris Begründungen und sagte schließlich, er selbst habe unermüdlich die Mütter kleiner Kinder ermuntert, zu Hause zu bleiben. Als Harri darauf nichts zu erwidern wusste, fügte der Chefredakteur rasch hinzu, dass sich auch der Vater um das Kind kümmern könne, natürlich, warum nicht, so sei das heutzutage nun mal.

Harri fühlte sich im Stich gelassen. Er stellte fest, dass er insgeheim gehofft hatte, der Chefredakteur würde ihn zur Vernunft bringen, über seinen Argwohn lachen und ihn wieder an die Arbeit schicken. Es verunsicherte ihn, dass ein gesunder und normaler Mann sich so selbstverständlich mit seinen Ängsten identifizierte: Befanden sich die Kinder in den Tagesstätten auch nach Ansicht aller anderen wirklich in Gefahr?

Seine Frau warf ihre Tasche in der Diele auf den Boden und sagte, sie sei von Harri in so vieler Hinsicht enttäuscht, dass sie über die ganze Sache gar nicht reden wolle; sie denke jetzt über die Scheidung nach. Nachdem sie später am Abend das Kind zum Einschlafen gebracht hatte, brach sie in Tränen aus. Sie klagte, sie würden Bankrott gehen, Harri habe ihr Leben zerstört, auf sie alle würde die Gummizelle warten. Sie schwor, das Kind nicht allein zu Hause bei seinem geisteskranken Vater zu lassen.

Harri amüsierten die Worte seiner Frau, der Geisteskranke und die Gummizelle. In ihnen schimmerte Verzeihung und Leichtigkeit. Sie bewiesen Harri, dass seine Frau ihn nicht im Stich ließ. Sie machte sich etwas aus ihm und verlieh ihm die Würde des Gesprächspartners. Er wurde wahrgenommen. Er gehörte zum Lager, zur Familie. Er und seine Frau waren auf einer Seite, sie verstanden, was geisteskrank und Gummizelle bedeuteten. Dadurch fühlte sich Harri stark, und er lachte und sprudelte vor Freude.

Seine Frau starrte Harri an und spuckte. Sie fauchte und fletschte die Zähne und fuchtelte mit den Händen. Harri wich aus, er hatte Angst, seine Frau könnte sich verletzen, und beschloss, das zu verhindern, indem er noch bekümmerter war und noch mehr weinte und plärrte als sie, bis sie zur Vernunft kommen und ihre Verantwortung tragen würde. Das wirkte nicht, sie antwortete auf den Lärm mit Lärm, tobte und riss und schmiss alles, was ihr in die Finger kam.

Harri war nun dermaßen entsetzt, dass er vollkommen ruhig wurde. Er gab vor, die Hysterie leid zu sein und konstatierte trocken und mit fester Stimme, das Geld würde reichen. Er sagte auch, er sei nicht geisteskrank, sondern ein ganz normaler, müder Mann, der sich in letzter Zeit komisch benommen habe und sich dessen bewusst sei. Er bat dafür um Verzeihung. Man könne sich auf ihn verlassen. Er würde wieder derselbe sein, der er immer gewesen war.

Während er so redete, hörte sich Harri die ganze Zeit selber zu und überlegte, ob er tatsächlich stark und heldenhaft werden und ein anderes, robusteres Wesen in Gebrauch nehmen könnte, das vom leichten Leben und von der Faulheit nur versteckt worden war.

Harris Worte irritierten seine Frau. Das gab ihm Zeit. Er konnte nun weitere besänftigende Sätze bilden. Er sagte, er habe die Einkünfte und Ausgaben berechnet, und war von seiner eigenen Überzeugungskraft entzückt, er spulte beruhigende Versprechen und Zukunftsaussichten ab, die ihn selbst erstaunten. Seine Frau setzte sich und brach in Schluchzen aus. Da wusste Harri, dass er das Schlimmste überstanden hatte. Seine Aufgabe bestand nun darin, zu trösten und männlich zu sein.

In Wirklichkeit hatte Harri überhaupt nicht an Geldangelegenheiten gedacht. Finanzielle Sorgen hatten erfreulicherweise einen Bogen um seine Welt gemacht. Nun lockte ihn der Verfall. Er erschien ihm als Situation, in der er sich wohl fühlen könnte. In seinen Vorstellungen verkroch er sich in einer Felsnische oder versank in tröstlichem Kot und Schlamm, der ihn unverwundbar machte. Der Verfall war eine wundersame Ressource. Harri schwelgte darin und hatte so das Gefühl, einen großen Teil der Gefahren zu annullieren, mit denen das Schicksal gewöhnliche Menschen zu bedrohen imstande war.

Harris Genuss wurde nur durch die nächtlichen Momente des Zweifels gestört – er war so oft früh morgens im Dunkeln aufgewacht, von Beklemmung getrieben aufgestanden und hatte im hellen Licht der Toilette in den Spiegel gestarrt und Angst vor der Zukunft gehabt. In solchen Momenten hatte er gesehen, dass sie nichts erreicht hatten, was ihnen Nahrung und Wärme garantierte. Sie waren ausgesetzt, und diese entsetzliche Wahrheit hatten sie sorglos übergangen. Es war erstaunlich, dass sie überhaupt am Leben waren. Und wenn Harri nach diesen nächtlichen Schrecken im Morgenlicht erwachte, wusste er nie zu entscheiden, ob die Sorgen Trugbilder gewesen waren oder gerade Momente der klaren Erkenntnis, die er schmerzlich ersehnte, um seinem Leben die richtige Richtung zu geben. Und wenn er lange genug darüber nachdachte, vertraute er seinen Sorgen nicht mehr als der Sorglosigkeit; er würde nie erfahren, ob die Sorgen auf einen erahnten oder einen realen Tatbestand in der ihn umgebenden Welt hindeuteten, auf den er reagieren müsste, oder ob sie nur sporadisch aus seinem Inneren hervorquollen. Er war besorgt und könnte unbesorgt sein. Das erschien ihm hoffnungslos obskur. Er würde nie wissen, wann er sich schützen müsste, wann er seine Familie in Sicherheit bringen sollte und was von ihm erwartet wurde: Würde es genügen, wenn sie die Wohnung und die Stadt wechselten, oder müsste er sich ändern, die Branche wechseln, Medizin studieren, gläubig werden. Müsste er jemand vollkommen anderes sein, um zu überleben?

Inmitten dieser Unsicherheit begriff Harri stets mit aller Klarheit, dass sein Intellekt ganz und gar nicht zum Verstehen gedacht war. Er war zum momentanen Spiel gedacht, zum Zusammensetzen einzelner Teile auf dem grünen Tuch des Spieltisches. Er würde ihm keine Hilfe sein, würde ihm für sein Leben nicht die Richtung weisen. Die einzig sichere, wenngleich irreale und eingebildete, aber sichere und stabile Sache in seinem Leben war das Gefühl, die Angst.

Harri fühlte, wie seine Frau sich neben ihm beruhigte. Er drückte sie aufmunternd an sich. Die Verlogenheit der Geste, die Tatsache, dass er damit eher sich selbst tröstete als sie, störte ihn nicht. Die Nähe mochte seine Frau zugleich anspornen. Sie schwiegen, und das genügte. Die Bitterkeit des Streits war gerade gewichen, und Harri gönnte sich die gnädige Vereinfachung, dass es also auf der Welt nichts Bitteres und nichts Böses gab. Er legte auch die andere Hand auf die Schulter seiner Frau und umarmte und streichelte sie leise.

21.

Die Tage zu Hause waren lang und gefährlich. Das Kind bereitete Harri irritierend viel Arbeit. Im Sandkasten leckte es sich die schmutzige Hand ab, und Harri musste dem Kind den Mund mit einem sauberen Baumwolltuch ausreiben und die Hände mit Desinfektionstüchern abwischen und seine Beschwörungsformeln murmeln, und allein das wiederholte sich so oft, dass Harri bald nicht mehr alles sehen und sich um alles sorgen mochte. Aber er sah alles und sorgte sich. Er hatte die Absicht, ein guter Vater zu sein, und war gezwungen, zu brüllen und zu schnauzen und zu zerren, um diese Aufgabe zu bewältigen, und er wollte alles bleiben lassen und fortgehen und sich dem Kind ersparen.

Binnen zwei Wochen sah Harri bereits seinen Einfluss auf das Kind. Das Mädchen mied die Menschen, es ging den anderen aus dem Weg, es weinte und quengelte. Das machte Harri Sorgen und freute ihn zugleich: Er war zufrieden, sein Kind zwischen die Bäume und Sträucher am Rand des Parks führen zu können, weit weg und in Sicherheit vor den fremden Bakterien prustender Kinder.

Nachmittags, wenn das Kind schlief, bereute Harri alles, was er den Tag über getan hatte. Er gelobte Besserung. Er wusste nicht, was die Besserung beinhalten sollte, er bereute nur und betrachtete das Kind und hatte Angst, dass es aufwachte und wieder nach etwas verlangte.

Wenn seine Frau gegen fünf von der Arbeit nach Hause kam, erwartete Harri sie an der Tür und drückte ihr das Mädchen in den Arm. Das Mädchen weinte und folgte Harri ins Bett, es schrie und versuchte ihn hochzuzerren. Harri lag steif da, mit einer anklagenden Miene im Gesicht. Durch die offene Tür sah er in die Küche, wo seine Frau mit gekrümmtem Rücken saß und einsam aussah.

22.

Die Zwangssymptome hatten Harri vor Jahren gequält, auf der Schultreppe und auf den Schwellen zu den Klassenzimmern, an Grenzen, nach deren Überquerung man entweder vernichtet wurde oder überlebte.

Nun spürte Harri sie wieder: Er zog sein Hemd an

und aus, bis er es sicher am Leib hatte, er wechselte dem Kind die Strümpfe, wenn sie das Böse heraufbeschworen, er füllte die Trinkflasche, bis er gutes Wasser darin hatte, und er öffnete immer wieder die Vorratsschränke, um eine Vergiftung zu verhindern. Er brach jede Gebärde ab, die eine Gefahr verhieß, und vollführte sie noch einmal besser.

Nur in der Praxis des Psychologen war Harri sicher. Dort waren seine Beschwörungen nicht nötig. Er hatte nicht einmal vor, über seine Symptome zu reden und den Psychologen damit zu belasten, aber in der Stille des Zimmers löste sich das Geständnis wohl oder übel.

Der Psychologe fragte, wann die Symptome angefangen hätten, und Harri antwortete gewissenhaft. Er erzählte von seiner Kindheit, der Qual der Schulzeit und von einzelnen Fällen, über die er schon oft geredet hatte und die keine Bedeutung zu haben schienen. Er redete immer weiter und spürte, dass unter seiner Stimme etwas wartete und drückte, zu dem er hinwollte. Es schien ihm, als spürte es auch der Psychologe, als wartete auch er, und als er schließlich darüber sprach, fiel ihm auf, dass er es vermieden hatte, weil es ihm zu selbstverständlich vorgekommen war, zu mechanisch – als hätte er sich damit zum Opfer machen und seine Verrücktheit legitimieren und sich gesund zaubern wollen.

Harri sagte zuerst, er erinnere sich nicht an das Vorkommnis. Er sagte, er habe darüber gelesen. Er wich dem Blick des Psychologen aus und spielte das Vorkommnis auf jede erdenkliche Weise herunter und erzählte dann, dass er neunzehn war und den letzten Sommer zu Hause wohnte, als er einen Brief von seiner ehemaligen Tagesmutter bekam. Es war nichts besonders Wichtiges, sagte Harri, die Tagesmutter hatte lediglich zu Jesus gefunden. Sie wollte ihre Sünden bekennen. Sie wollte nur um Verzeihung dafür bitten, dass sie Harri so oft geschlagen hatte.

Harri senkte den Kopf. Er konzentrierte sich darauf, fortzufahren. Er erzählte, den Brief zweimal gelesen zu haben. Er erzählte, dass er sich gefühlt hatte, als berührte der Brief einen anderen: Er erinnerte sich nicht an die Tagesmutter, er erinnerte sich an das Haus, den Sandkasten und an Einzelheiten, die im Bewusstsein des Vierjährigen haften geblieben waren, aber nicht an die Tagesmutter. Er zeigte den Brief seiner Mutter. Erst als er deren Gesicht beobachtete und ihr in die Augen sah, begann er zu ahnen, dass in dem Brief von ihm die Rede war.

Seine Mutter hatte den Brief in der Nachttischschublade aufbewahrt. Harri hatte sie manchmal abends auf das Papier starren sehen, wie in der Erwartung, dort eine neue Erkenntnis zu finden. Und seiner Mutter waren oft Jahre zurückliegende Dinge eingefallen, sie hatte erzählt, sich an seltsame blaue Flecke und unerklärliche Beulen zu erinnern.

Harri belastete der Vorfall nicht, damals nicht und heute auch nicht. Damals belastete er ihn nicht, weil er das Leben vor sich hatte, und es belastete ihn heute nicht, weil er genug Sorgen mit all den Gefahren hatte, die ihn bedrohten.

Harri schwieg. Er beobachtete das Gesicht des Psychologen. Er wartete auf eine entscheidende Geste, auf ein Schließen der Augen oder ein Falten der Hände, vielleicht ein langes, erleichtertes Seufzen. Aber der

Psychologe schaute nur ebenso ruhig wie zuvor, still und ausdruckslos. Das ließ Harri auf seinem Stuhl zusammenschrumpfen. Er fragte vorsichtig, ob der Vorfall wesentlich sei und ob er nun gesund werden könne, nachdem er ihn erzählt hatte. Der Psychologe antwortete, es sei gut, dass Harri davon erzählt habe, aber das würde mit Sicherheit noch nicht alles erklären. Der Psychologe redete noch weiter, aber Harri mochte nicht mehr zuhören. Er hörte einzelne Wörter heraus – Last, Form, Spiegelung – und versank in eine Leere, die Wörter huschten vorüber, und mitten unter ihnen versuchte er fortwährend, seine sich entfernende Hoffnung auf einen Durchbruch zu nähren, die Hoffnung, der Psychologe würde hinter seinem Tisch aufstehen und ihn zum Abschied segnen.

Als der Psychologe wieder schwieg und erwartungsvoll schaute, fing Harri an zu seufzen und sich zu winden. Er schüttelte den Kopf, sog Luft ein und fing mit zitternder Stimme an, die Gefahren aufzuzählen, die ihn auf der Straße bedrohten, gegen die der Psychologe offenbar nichts tun konnte, die niemand ernst nahm, und die ihn eines Tages noch vernichten würden, vernichten! Er schaute dem Psychologen nicht in die Augen, aber seine Stimme erhob sich zum Weinen, und er sprach die letzten Worte im bellenden Rhythmus aus, als würde er damit auf den Psychologen einschlagen.

Als Harri aufblickte, nickte der Psychologe tolerant. Er wirkte nicht verärgert. Er war auf sichere und erfreuliche Weise der Alte. Er schaute Harri wohlwollend an und stellte dann mit Nachdruck fest, Harri habe über die bedrohlichen Gefahren sehr lebendig gesprochen – wie aus eigener Erfahrung.

Harri starrte den Psychologen an und stellte fest, dass er dessen Worte gehört hatte. Mitten aus der monotonen Erläuterung des Psychologen hatte er einen klaren Satz herausgehört, und Harri lauschte innerlich auf ihn und fühlte sich dabei wohl. Er hatte über die Gefahren gesprochen »wie aus eigener Erfahrung«. Harri wusste nicht, was das alles bedeutete, aber er ahnte, dass es ihn retten könnte, und freute sich auf dieselbe Art wie vor Jahren im Krankenhaus, als der Arzt eine Entzündung im Magen gefunden hatte: als sich herausstellte, dass er die Poliklinik nicht umsonst belastet hatte.

23.

Auf der Straße war Harris Schritt leicht. Seine Ängste waren Erfahrungen. Er hatte das Recht, über sie zu reden, und das Recht, an sie zu glauben. Und er hatte das Recht, sie zu vergessen: Sie waren Erfahrungen, er hatte sie schon erlebt. Sie waren Vergangenheit. Sie bedrohten ihn nicht mehr. Sie bedrohten auch das Kind nicht. Sie waren sein persönliches Problem. Er hatte das Kind vor Gefahren beschützt, vor denen ein anderer ihn hätte beschützen sollen.

Die Welt wirkte frisch gewaschen; alles um Harri herum hatte einen Sinn und eine Bedeutung. Die Bedrohung war ermattet wie ein Alptraum. Harri war glücklich und stark und weise. Das kam ihm fast verdächtig vor. Eine so große Kraft, einen solchen Wohlstand konnte man ihm rauben. Harri eilte nach Hause und zwang sich zur Wachsamkeit. Er hatte jetzt etwas zu behüten. Er fasste die Leute, die ihm entgegenkamen, ins Auge und begriff, dass er versehentlich einer von ihnen werden konnte; sein ganzes neues, klares und begnadigtes Bewusstsein konnte im Moment des Zusammentreffens in den fremden Körper übergehen und auf diesem Weg endgültig abhanden kommen. Er blickte sich um und machte sich bereit, sich seine Seele wieder zu schnappen, falls sie vertauscht werden sollte. Die Aufmerksamkeit strengte ihn an, und schließlich musste er stehen bleiben. Er starrte auf seine Schuhe und schloss alles andere aus seinem Gesichtskreis aus.

Zu Hause konnte sich Harri ausruhen. Er verfolgte mit Abstand, wie seine Frau und das Kind auf dem Fußboden spielten. Sie sahen nun alltäglich aus, wie gewöhnliche Menschen im Lauf des Lebens. Die Bedrohung durch die Gefahren war von ihnen abgefallen. Harri sah die Knochen und das Fleisch, aus denen sie gemacht waren, und den Kleiderstoff, der sie umhüllte. Er sah die Spielsachen und ihr Material und die Schrammen und Beulen daran. Er sah alles so, wie es war, und er fasste bei jeder Wahrnehmung Mut und wollte sich seiner Frau und dem Kind anschließen, wollte entspannen, sich dem Spiel hingeben. Allein die Möglichkeit erregte ihn so, dass er sicher sein wollte, seine Zweifel noch einmal überprüfen und nachforschen, ob es in der Vergangenheit etwas gab, das ihn daran hinderte, glücklich zu sein und dauerhaften Seelenfrieden zu finden.

Er erinnerte sich an seine tödliche Krankheit und nahm sich vor, sich den anderen anzuschließen, sobald er sich seiner Gesundheit sicher war.

24.

Das Gesundheitszentrum wollte Harri weiterhin meiden: Der Psychologe konnte etwas erfahren und von ihm enttäuscht sein. Im Labor des Ärztezentrums in Helsinki wurde der Aids-Test professionell vorgenommen. Die Schwester hatte keine Meinung über ihre Kunden. Das gefiel Harri.

Die Entnahme der Probe verlief so leicht und natürlich, dass Harri erst auf dem Heimweg erschrak: Er hatte das Schicksal beleidigt. Er hatte geprahlt und sich einen sicheren Sieg verschafft, indem er als Gesunder zum Test gegangen war. Er hatte sich selbst an die Stelle des Schicksals gesetzt. Er ahnte, dass er für diese Frechheit bestraft werden würde.

Eine Woche lang ließ Harri seine schlechte Laune an dem Kind aus, kämpfte gegen es an und mischte sich in all seine Fehler ein. Unablässig dachte er an den Test. Er hatte beschlossen, das Ergebnis nicht abzuholen. So würde er seine Reue unter Beweis stellen und vom Urteil verschont bleiben.

Als von der Öffnungszeit des Labors am Freitagabend noch eine Stunde übrig war, fuhr Harri nach Helsinki. Er zählte die Kilometer und die Minuten und blickte auf die Masten und Bäume und Verkehrszeichen am Straßenrand, die alle den Tod für ihn heraufbeschworen und die zu besänftigen er jetzt keine Zeit hatte. Er sah staubige Reklametafeln und unnatürlich weiße Birken, die sich vor der dunklen Wand des Waldes bogen wie Würmer, die aus einem Kadaver quollen, und er umklammerte das Lenkrad seines Käfers und kämpfte gegen die Vorzeichen an, indem er die Geschwindigkeit erhöhte.

Harri witterte den stechenden Ölgeruch zum ersten Mal auf einer langen Geraden zwischen Feldern. Als er an ihrem Ende, am Rand eines Waldstücks, angekommen war, wehte schwerer Brandgeruch herein, und das rote Licht auf dem Tachometer ging an. Harri schaltete in den Leerlauf, machte den Motor aus und rollte an den Straßenrand. Unter dem Motor lief ein dickes, schwarzes Rinnsal. Harri starrte es lange an. Bis Helsinki waren es noch fünfzig Kilometer.

II

1.

Harri setzt das Warndreieck zusammen und stellt es an den Straßenrand. Als er zurückkommt, ist das Auto zu; er hat abgeschlossen und den Schlüssel verloren. Er wühlt in seinen Taschen, späht unter den Wagen und sucht die Strecke zwischen Auto und Dreieck ab. Die Straße ist still, die reifenden Getreidefelder sind gelb. Während er auf den Abschleppwagen wartet, kommt es Harri vor, als wolle ihm das Schicksal etwas sagen.

Ein Lieferwagen hält an. Der Fahrer hat den Abschleppwagen einen halben Kilometer entfernt auf einem Rastplatz gesehen. War er hierher bestellt?

Harri steigt ein. In der ersten Kurve kommt der Abschleppwagen entgegen und huscht vorbei. Der Fahrer zeigt mit dem Finger darauf. Sie rasen mit hohem Tempo in die falsche Richtung und halten nach einem geeigneten Wendeplatz Ausschau.

Knirschend schwebt der Käfer auf das Gestell. Harri klettert ins Fahrerhaus des Abschleppwagens und sitzt dort im Zigarettengeruch.

Sie fahren auf einer kurvenreichen Straße nach Lohja. Der Käfer schaukelt während der Fahrt hin und her. Harri hat das Gefühl, als zwänge ihn der Fahrer, sich die Landschaft anzusehen. Auf den Getreidefeldern und an merkwürdigen Stellen im Straßengraben stehen Wacholder wie schockierte Menschen.

In der Wellblechhalle der Reparaturwerkstatt brennt Licht. Der Mechaniker sieht nicht her. Auf Fragen antwortet er rätselhaft:

»Und die Tür war abgeschlossen?«

Der Käfer kommt in eine Wagenreihe hinter der Halle.

Im Stadtzentrum schaut Harri von den verschlossenen Türen des Busbahnhofs aus dem Abschleppwagen nach, der am Ende der Straße verschwindet. Er setzt sich auf die Stufen und starrt auf sein Telefon. Es reut ihn sofort, als Eero antwortet, die überraschte Stimme des halbbekannten ehemaligen Arbeitskollegen und die Fremdheit.

Eeros Kombi ist innerhalb von fünf Minuten da. Harri steigt ein. Munter erzählt er von seinem Käfer, von dem Ölrinnsal, das er immer noch vor sich sieht, von der Werkstatt und dem unangenehmen Typen dort. Eero stellt den Motor ab. Es wird so still, dass Harri die Wärme in seinem Körper spürt. Er spürt die Nähe und die abwartende Haltung des anderen, den allem gegenüber toleranten Gesichtsausdruck des 40-jährigen Sportjournalisten. Er spürt den Freitagabend der fremden Stadt um sich herum. Das alles schnürt ihn ein, drückt ihn in der Kehle und in den Augen und bringt ihn zum Seufzen und zum Sprechen, zum Erzählen von seinem Versuch, es rechtzeitig nach Helsinki zu schaffen, von seinen Wahnvorstellungen und sinnlosen Ängsten, vom zweiten Aids-Test und vom Tod, auf den er nun bis Montag warten muss.

»Wenn das Auto den Geist aufgibt, bringt einen das immer aus der Fassung«, sagt Eero und steckt sich eine Zigarette an.

2.

Sie fahren los. Beiderseits der Straße sind Reparaturwerkstätten für Autos und Motoren und kompetent wirkende Tankstellen zu sehen. Harri ruft zu Hause an, teilt mit, in Lohja zu bleiben, und wirft, während er spricht, einen Blick auf Eero. Seine Frau am anderen Ende ist still, sagt, sie lege jetzt auf, das Mädchen warte auf den Abendbrei.

Sie biegen auf das schmale Grundstück eines Einfamilienhauses ein. Auf dem Rasen liegen feuchte Bretter und Baumaterial herum, auf der Veranda ebenso. Drinnen ist alles sauber und fertig. Eine dunkle Frau steht vom Tisch auf, um die Hand zu geben. Harri steht an der Tür, er sieht ungefährlich aus und scheint nicht viel Platz wegzunehmen.

Irgendwo springt eine Maschine an. Eero ruft über den Lärm hinweg, bittet um Hilfe. Seit Harris Abfahrt sind drei Stunden vergangen; er steigt auf einen schwankenden Bock, greift nach leichten Paneelen und heftet sie mit dem Tacker an die Decke im Treppenhaus eines Einfamilienhauses in Lohja.

Spät am Abend werden Würstchen serviert. Eero holt Zigaretten aus der Brusttasche. Er erzählt, drei Jahre lang wie ein Eichhörnchen über die Wände gewieselt und jedes Mal an Weihnachten überrascht gewesen zu sein, dass das Haus nicht fertig ist und ganz und gar nicht so aussieht wie in der Kindheit. Wenn in Russland die Decken offen sind, wird ein bunter Teppich auf den Boden gelegt und Hammondorgel gespielt, warum muss er die Bretter mit der Wasserwaage auf den Millimeter genau anpassen? Das Leben eines Hausbauers ist kein Lotteriespiel, bei dem man tagsüber träumt und abends beleidigt der Lostrommel zuschaut. Es ist ein Marathon.

»Und was soll das«, sagt Eero, »dass ich zum Rauchen nach draußen muss, aber meine Frau darf drinnen rauchen?«

Die Haustür klappt zu. Harri sieht sich in der langen Wohnküche um, betrachtet den Holzherd und die Kupfertöpfe, die Gemütlichkeit fremder Menschen. Eeros Frau trägt eine rot gestreifte Gästematratze die Treppe hinauf und legt sie im Wohnzimmer vor einem Stapel Rigipsplatten auf den Boden.

Spät in der Nacht wird unten gestritten. Die Worte dringen als ferner Widerhall durch den Fußboden. Der Geruch der rauen Bettwäsche erinnert Harri an die Besuche seiner Kindheit, an die dunklen Räume der Verwandten, an die schemenhaften Gestalten der Möbel und Wandteppiche. Als er die Augen schließt, gleitet wieder der Räuber aus dem Brettspiel »Der Stern von Afrika« aus der Finsternis hervor.

3.

Es ist Eero. Er steht im Dunkeln vor dem hellen Fleck des Fensters. Er will sich unterhalten. Er ist ein Mann aus Mittel-Ostbottnien, und bei ihnen daheim beherrscht man sich und ist nett. Aber jetzt ist er betrunken und will hören, was es mit dieser Aids-Geschichte auf sich hat.

Harri hat das Gefühl, eine große Schar Menschen lausche und warte in der Stille der Nacht auf eine Antwort. Eero lässt sich neben der Matratze auf dem Fußboden nieder. Er sagt, er habe den Verdacht, Harri sei fremdgegangen. Er spürt es. Er kennt diesen Fall. Er gibt zu, dass es sich um die großartigsten Momente im Leben eines Mannes handelt, wenn er an einem Frühlingsmorgen um sechs rangelassen wird: Wenn man die ganze Nacht hindurch redet und sein ganzes Repertoire einsetzt und sich schrecklich sensibel und toll gibt und Lyrik herbetet und dann angreift wie eine Stalinorgel, wenn die Frau in der Morgendämmerung ermattet und einen in ihrer Ermattung ranlässt, wenn es im Kopf summt und in den Ohren klingt. Das sind großartige Momente, aber das Ende ist Mord. Ständig geht einem im Kopf herum, ob man es schon wagen darf, aus dem Bett aufzustehen, und wann der erste Bus geht. Draußen ist die Welt hässlich, die Tanzschuhe reiben, und ein Gewitter donnert.

Eeros Hände fuchteln hoch über dem Kopf und bringen die Kraft des Gewitters zum Ausdruck und setzen es fort und vervollkommnen es. Harri folgt den Bewegungen der Hände genau, als wohnte in ihnen die Weisheit. Er ist so dankbar für die Aufmerksamkeit und die Worte des anderen, dass er sich selbst sieht, wie er ihm zuhört. Er begreift, dass er schmeichlerisch aussieht. Er reißt sich zusammen und nickt nüchtern zu allem, was der andere sagt.

Eero mahnt, das Schlimmste stehe noch bevor: Sich beim Fremdgehen austoben und in Pornobars Tausende für Frauen vergeuden, die geschmückt sind wie Weihnachtsbäume, das können viele, aber die wenigsten bringen es fertig, am Sonntagmorgen heimzukommen, sich an den Küchentisch zu setzen und zu sagen, nein danke, wenn ihnen Fleischsuppe angeboten wird. Das verlangt Rückgrat. Und hier, vermutet Eero, muss Harri gescheitert sein: beim Heimkommen, beim Erklären.

Einer Ehefrau darf man nichts erklären wollen, sonst kommandiert sie einen sechs Jahre lang herum und geht im siebten mit der Begründung, sie mag keine Männer, die nicht wissen, was sie tun. Vom Fremdgehen muss man nach Hause kommen wie ein Held.

Eero setzt die Flasche an: »Sohn des Nordens«. Er winkt in Richtung Obergeschoss und fragt, ob Harri das Gesicht der Hausherrin gesehen habe, als sie gekommen sind, den Gesichtsausdruck, der selbst einen erwachsenen Mann dazu bringt, in seinen Erinnerungen zu wühlen und sich zu fragen, was er eigentlich getan hat. Wenn er glaubt, er hat für diese Woche sein Arbeitspensum runtergerissen – Pfeifendeckel, die Frau weiß es besser. Eine Zucht wie in Nordkorea, es wird geturnt, und wenn einem das nicht gefällt, wird noch mehr geturnt; wenn du schummelst, dann qualmt das Pulver, die Luft knistert, und es fliegen Feuerbälle zum Himmel, dass noch in einem Kilometer Entfernung die Kerle im Pappkarton nach der Kokarde suchen und überlegen, an welche Mütze sie sie stecken.

Als Eero schweigt, klingt die Stille feierlich. Harri hat das Gefühl, sie seien hier zusammengekommen, um einer Sache die Ehre zu erweisen, um einer schönen, gemeinsamen und großen Tat zu gedenken.

Eero wird munter, er will Harri die Hand geben. Er drückt sie so lange, bis er gerührt ist, er will, dass Harri den Nachruf auf ihn schreibt, wenn seine Zeit gekommen ist; immerhin sind sie seit vielen Jahren Kollegen. Als persönlichen Titel vor dem Namen schlägt er Renovierer vor, als Quintessenz, weil er zum eigenen Gebrauch mehrere Häuser in der Umgebung von Lohja in Ordnung gebracht hat. Er schluchzt, er versteht nicht, warum ein 42-jähriger Kerl nicht endlich mal genießen darf; wann hat er endlich Zeit für sich, ist in seinem Alter nicht jede Zeit eigene Zeit? Wenn man jung ist, dehnt sich die Haut, das versteht er, da gibt man sich mit wenig zufrieden, arbeitet, bis der Magen wehtut, und weiß noch nicht, dass er deswegen wehtut, für den ersten Lohn isst man Fleischklöße in der Cafeteria am Busbahnhof, ach wie gut, eine Sternstunde des Lebens, man findet den Rhythmus und heiratet, und da liegt dann jemand im Ehebett, und man weiß über die Person gerade mal, dass sie gerne Tee trinkt, das ist die Ehefrau, und dann eines Morgens merkt man, dass man ein alter Sack ist, man erschrickt, wenn man in den Spiegel guckt, der Visage nach zu schließen ist viel passiert, und man weiß nur zu gut, dass nichts passiert ist. Auf einen Schlag ist das Leben auf die Vierzig vorgerückt.

Eero richtet sich auf und starrt auf das Flaschenetikett. Immerhin ein Mann aus Mittel-Ostbottnien, betont er, begrabt mein Herz in Kaustinen. Er senkt den Kopf und sagt, er sähe vor sich, wie der Windhauch auch in dieser Nacht daheim die Felder streichelt und wie die letzten Wolkenfetzen zum Horizont fliehen und ein junger Mann in der Saunakammer wacht und Gedichte liest und dann an Entwässerungsgräben entlangtrödelt und sich fragt, wer er jetzt ist und was er sich vom Leben wünscht. Bei ihnen bewegen sich die Leute schon im Himmel der Liebe, wenn sie hier noch in der Hosentasche Goldstaub reiben und in Reithosen herumliegen, obwohl beim Russen schon der Motor heult und Viipuri auf den Eroberer wartet. Damit gibt er sich nicht mehr zufrieden, erregt sich Eero, jetzt ist der Tisch so hübsch gedeckt, dass sie an ihm Platz nehmen.

»Morgen fahrn wir auf Besuch.«

Harri blickt auf die Uhr. Es ist vier vorbei.

4.

Eeros Frau versichert, allein zurechtzukommen. Sie beobachtet den Aufbruch von der Treppe aus, sie winkt nicht. Der Kombi ist kühl und wirkt frisch. Eero zeigt, wo Licht, Blinker, Scheibenwischer sind. Harri tastet nach den Schaltern, startet den Wagen und fährt freundlich langsam vom Hof. Er will Eeros Frau nicht beleidigen – nicht zu verstehen geben, dass es eine schöne Tour werden wird. Noch hundert Meter weiter beschleunigt er übertrieben ruhig.

Die nächtlichen Worte sind beim Aufwachen am Morgen sogar durch den Schlaf hindurch in Harris Gemüt eingedrungen. Er hat sich sofort erinnert, wie es um ihn steht, hat die Augen aufgemacht, die Decke gesehen, die Rigipswände und die Werkzeuge in dem fremden, hellen Zimmer. Er hat es ausgehalten. Das Frühstück ist in der Wohnküche eingenommen worden, der Tee hat golden in den Tassen geschimmert, alles ist so geschäftig und vertrauensvoll gewesen, dass Harri sich wie ein 12-Jähriger gefühlt hat. Er hat gegessen und getrunken. Eero hat von dem Ausflug gesprochen, von Sommerfesten, von Opas, die auf dem Harmonium trampeln, und von Ohren, die noch tagelang im Takt der Polka klingen. Harri hat sich ein bisschen geziert, mehr aus Schüchternheit als aus guten Gründen, wollte aber gern dabei sein. Eero hat gesagt, er meine es ernst: Selbst auf den Tod warte es sich leichter, wenn die Musikanten spielen.

Rund um das Auto breitet sich überall die Sommermorgenlandschaft aus. Als sie die Stadt hinter sich gelassen haben, begreift Harri, dass er einen fremden Wagen fremden Gegenden und Situationen entgegensteuert, in denen er allein zurechtkommen muss.

Eero kurbelt das Fenster herunter. Er sagt, er sei die Strecke so oft gefahren, dass er sofort nach der Abfahrt schon am Ziel sei. Er ist sie im Sommer wie im Winter gefahren, mit Fieber und Bronchitis, wenn die stählerne Sonne des Frühjahrs strahlt.

Die Landstraße ist ruhig, die Reifen des Kombis surren. Der lange Kofferraum folgt wie ein Schiff. Die Wälder und Felder vor den Fenstern sind schön. In ihnen wohnt eine geheime Weisheit, von der Harri weiß, dass sie verschwindet, sobald er anhält, aussteigt und zum Waldrand geht.

Sie fahren an Rastplätzen und Tankstellen vorbei. Bei einem Turngerüst halten sie an, und Eero macht sieben Klimmzüge. Die kalte Stange erinnert Harri an die bedrückenden Morgen, die Und–Grätsche–und–Grätsche–Rufe und die boshaften Gesichter der Spötter: Er schafft keinen einzigen Klimmzug. Eero sagt, in der Haltung könne Harri auch keinen schaffen, und Harri schafft einen.

Auf der Terrasse einer Teboil-Tankstelle führt Eero eine Pantomime von Bob Beamons Weltrekordsprung auf, einschließlich des zuständigen Kampfrichters. Er hängt schlaff auf seiner Bank, nimmt den heranlaufenden Springer zur Kenntnis, folgt ihm träge mit seinem Blick und schießt dann hoch, holt Atem, beschattet die Augen und starrt ans andere Ende der Sandgrube wie ein Indianer in die Ferne.

Harri bemerkt, dass er lacht, nimmt sich in Acht. Er hat Angst vor Langsamkeit, vor dem Stillstand des Blickes, davor, im starren Blick auf die Wand des Rasthofes oder auf einen Grashalm oder auf das rostige Dachblech eines Busses zu verharren.

Als sie wieder ins Auto steigen und Harri den heißen Ring des Lenkrads ergreift, äußert er die Vermutung, ein langweiliger Reisebegleiter zu sein. Eero tut so, als höre er ihn nicht, dreht nur das Radio an und sagt, von dieser Tour würden sie ihren Enkelkindern noch viel zu erzählen haben.

5.

Sie kommen durch Städte und kleine Gemeinden. Eero kennt die Namen der dazugehörigen in der dritten Liga spielenden Eishockeymannschaften. In Hämeenlinna fragt er sich, wie sich die Einwohner dieser Stadt eigentlich vermehren, denn als er hier wohnte, ließ ihn keine ran – außer einmal eine von auswärts an der Wand vom Aussichtsturm Aulanko; später brachte er auch Einheimische dort hin, in der Hoffnung, der Turm würde wirken, aber er wirkte nicht, sie hielten ihn eben für einen Aussichtsturm. Auf der Einfallstraße nach Tampere fällt Eero an einer Bushaltestelle ein derart nach Tamperebewohner aussehender alter Mann auf, dass er am liebsten anhalten, ihn ins Auto laden und zum Vergnügen seines Bruders nach Kaustinen mitnehmen würde; der Bruder dürfte ihn dann anpflocken und ihm aus dem Genossenschaftsladen Essen und Bier holen: »Da, Tamperaner, nimm, nimm.«

Auf den langen Waldabschnitten hinter Tampere fängt Eero bereits an, das mittlere Ostbottnien und seine willigen Frauen zu rühmen, die in den Lokalen auf Ritter warten, auf sie beide. Er sagt, er wisse, was Frauen wollen, Frauen wollen ins Märchenland, und er wisse, was er selber will, er will seinen Kopf auf die weichen Brüste einer Frau legen und hören, wie das Rauschen der Welt nur noch gedämpft klingt.

Harri lächelt Anteil nehmend und spürt, wie alles Schwierige hinter dem Auto zurückbleibt und wie alles Leichte sich davor auftut und ausbreitet.

Eero angelt eine Flasche »Gammel Dansk« von der Rückbank und sagt, das Leben sei eine große Satire. Seine Arbeit als Sportjournalist hat ihn diese Weisheit gelehrt. Jahrelang hat er sich das Geschrei von Sportlern angehört und erkannt, dass es sich in keiner Weise vom Kreischen eines Neugeborenen unterscheidet – ein und derselbe Schrei der Erschütterung. Man hört dieses Brüllen nicht bei allen menschlichen Bestrebungen, aber man sollte es hören, dann könnte jeder sehen und verstehen, was des Menschen Los ist: Der Mensch rackert und tut und wartet mit ausgebreiteten Armen auf das Glück. Auf dem Sportplatz schämt man sich dafür nicht. Dort schreit man die Not in die Welt hinaus. Im

Kugelstoßring, findet Eero, ist der Mensch so nackt und verwundbar, dass man sich wundern muss, dass die Disziplin nicht verboten wird.

Nachdem er kurz nachgedacht hat, sagt Eero, noch nackter sei der Mann in seiner Brunst. Das ist erst die wahre Satire. Eines Winterabends trotten die Kerle in eine Kneipe und haben eine Lust, dass es in der Brust wehtut. Nach Schankschluss fällt einem von ihnen ein, dass ein anderer erzählt hat, der habe von einem Haus gehört, in dem eine Hure wohnt. Sie nehmen ein Taxi und fahren quer durch die Stadt. Am Ziel stapfen sie durch den Schnee, keuchen und suchen in den Fenstern nach Anzeichen von Unsittlichkeit und einem roten Licht, nach der Verzückung, die durch einen Vorhangspalt blinzelt. Das Mietshaus ist dunkel und still. Der Mond bescheint den wankenden Zug der Männer durch den tiefen Schnee.

»Und ich war auch noch der Vorderste und Eifrigste«, seufzt Eero.

Die Landschaft entlang der Straße ist voller Sommergrün. Das sieht in Harris Augen übermütig aus, es kommt ihm vor, als sähe er zum ersten Mal, wie wild das Land wächst. Die Straße ist ein langer, brüchiger Teppich, der mit Mühe im Wald ausgerollt worden ist. Hier und da lodern zwischen den grünen Bäumen von Trockenheit gelb gewordene Birken wie träge Feuer.

Als Harri schließlich spricht, spricht er fünfzig Kilometer lang. Er spricht die Ereignisse der letzten beiden Jahre aus. Er fährt das Auto an den Straßenrand, steigt aus und atmet tief ein.

»Die Mörder sind hinter dir her gewesen, und Gauner haben Krankheiten verbreitet«, sagt Eero aus dem

Wagen. Er setzt die Flasche an und wischt sich mit dem Handrücken über den Mund. »Vor Gericht hätte das kaum standgehalten.«

6.

In Seinäjoki geht Eero zuerst in den Alko-Laden, dann kauft er an der Theke eines Gemischtwarenladens einen roten Trachtengürtel. Er blinkt und klimpert, als er auf dem Parkplatz umhertanzt.

Wieder auf der Landstraße, prophezeit Eero melancholisch, der Gürtel würde am Abend verkauft sein, und er würde mit verschlissenem Anzug und einer Fahrradkette um die Taille auf der Veranda einer fremden Sauna sitzen und mit einem Ureinwohner aus einem Kaff wie Ullava den Oberschenkelumfang vergleichen, und der aus Ullava würde gewinnen. Auch die Frauen würden davonlaufen, und er würde ein Maskottchen vom Spanferkelfest umarmen und Tränen vergießen und gerührt sein, weil sie beide sich so gut verstehen.

In der Ebene von Lapua steht ein schwarzer amerikanischer Schlitten mit dem Lächeln eines Hais am Straßenrand. Junge Männer gruppieren sich um das Auto; zwei richten ihren Bogen auf den Graben, der Dritte uriniert in der Nähe des Mittelstreifens. Die anderen Autos kriechen in einer Kolonne vorbei. Der junge Mann, der als Verkehrshindernis auf der Straße steht, schüttelt gelassen und lang aus.

Eero schaut sich die Szene stumm an. Einen Kilometer weiter weist er darauf hin, dass auch er noch den

Teufel im Leib habe, auch wenn an seinem Auto nichts davon erkennbar sei, auch wenn sein Corolla Kombi keine Festival-Kiste sei, die beim Einlaufen auf dem Campingplatz sofort in durchsichtigen Wickelröcken tanzende Folk-Mädels anlockt und erzählt, wo die Antwort auf ihren Juckreiz steckt. Sein Wagen weckt in niemandem die Leidenschaft, nicht mal bei der Polizei, die nicht weiß, wem sie einen Strafzettel verpassen soll, wenn zwei Corollas einen Unfall bauen. Aber was es heißt, den Teufel im Leib zu haben, das wisse er noch; auch an seinem Wagen sei der Auspuff kaputt genug, um damit nachts Radau zu machen; auch er kenne die Zauberkraft eines Autos, auch er verlor seine Unschuld in einem Saab 96, bei dem dabei die ganze Zeit der Motor lief. Hauptsache, bei einem Mann läuft der Wagen, sagt Eero, der Rest ist der Gang der Dinge. Er hat sich das selbst klar gemacht. Er plant, auch seine nächsten Geburtstage mit seinem Auto zu verbringen: Er fährt bei einem Restaurant vor und betrachtet den Wagen von innen melancholisch und überlegt, was er ihm alles an schönen Sachen in Erinnerung ruft. Und wenn die Bedienung den Geburtstagsdrink serviert, auf dem eine Wunderkerze sprüht, erhebt er das Glas auf sein Auto. Und gerade darum erschüttert es ihn so, dass Harri ohne Grund seinen schönen goldenen Käfer werkstattreif geschunden hat. Er sagt, er habe ein bisschen über den Zwischenfall nachgedacht, ihn analysiert, eine Symbolik darin gefunden. Er möchte darauf hinweisen, dass Freiheit darin bestehe, irgendwo hinzukommen, und mit einem Auto kommt man dort hin, und Harri kam auch dort hin, aber jetzt nicht mehr. Das sind die Fakten, sagt er. Harri hat seinen Wagen zerlegt, sich also selbst mit einem Knüppel auf den Kopf geschlagen. Seiner Meinung nach sollte es einem Mann genügen, wenn die Ehefrau ihm verzeiht, aber das habe Harri ja nicht genügt: Harri habe angefangen, so sehr zu schusseln und Angst zu haben, bis er sein Auto zerlegt habe.

»Und das ist deine Strafe«, sagt Eero und deutet mit dem Finger auf Harri. »Du hast sie dir selbst gegeben.«

Harri nickt, ohne den Blick von der Straße zu lösen und Gelassenheit vortäuschend, als hätte er gerade ein faszinierendes, aber allgemeines Theorem gehört, eines das mit Astronomie oder Mathematik zu tun hat. Am liebsten würde er anhalten und nach Hause rennen und noch einmal von vorne anfangen, als aufrechter und verwandelter Mann, aber er kann nicht: Das würde diesen neuen Gedanken gefährden, von dem er mehr hören will.

Eero fragt sich lautstark, wie groß die Sünde jetzt ausfallen wird, wenn er dort hinfährt, wohin sie unterwegs sind. Er wagt die Vermutung, Harri habe diese Sünde viel zu selten begangen, er habe sich für seine Bedürfnisse geschämt und sie verleugnet und all die ausgeschlagenen Gelegenheiten in seiner Seele angesammelt. So etwas kann einen Mann vergiften, sagt Eero, ein Mann braucht Erfolgserlebnisse. Zum Glück würden sie auf dieser Tour eine Menge davon haben, und zwar vielfältige. Er verspricht es. Die Zeit ist kurz, aber sie ist jetzt, und sie muss genutzt werden. Er hat als junger Mann so oft auf diese Feste gewartet, dass er weiß, wie schnell alles vorbei ist: wie schnell der nächste Montagmorgen kommt, wenn große, tiefe Stille auf dem Land liegt und nicht einmal das Wasser im Fluss zu fließen scheint, wenn das Fest vorbei ist, wenn der Sommer vorbei ist. Diesen Trauerzug, diese Leere des Pfarramts und das Dunkel des Fichtenwaldes birgt er in seinem Herzen. Aber das kommt später. Jetzt ist Juli, jetzt ist es Zeit, eine Frau in den Arm zu nehmen, Zeit, auch die Frau dazu zu bringen, zu begreifen, dass der Sommer auf seinem Höhepunkt ist, und das ernst zu nehmen. Frauen neigen zur Zerstreutheit, sagt Eero, geben sich der Illusion hin, man habe doch Gott weiß wie viel Zeit, keine Eile. Und dann sind es doch bloß zwei helle Tage, und alles ist vorbei.

Diese Wonne des Hochsommers und das Recht darauf darf sich Harri nicht verbieten, verlangt Eero, niemand darf das. Einen Mann, der nicht übermütig würde, wenn das reife Korn duftet und der Wind einen Potpourri als Einladung zum Tanz mitbringt, so einen gewissenhaften Mann müsste man erst mal finden. Jetzt ist Juli, jetzt genügt es nicht, seine Sünden und seine Ekstase in der Leidenschaft für irgendeinen Skispringer oder einen Skiläufer auszuleben und in Sachen Ehre und Größe von Hundertdreißig-Meter-Sprüngen zu träumen und von überlegenen Siegen als Schlussläufer der Staffel. Jetzt heißt es, selber springen. Jetzt ist Sommer. Jetzt darf auch der Goldmedaillengewinner nicht bloß an seine winterlichen Großtaten zurückdenken. Er muss das Training abbrechen und auf Festivals gehen und dort schon am Abend den Ethnomann auf dem Musikpodium umarmen und Frauen ansprechen, hast du schon meine Medaille gesehen, und im Speisezelt tauscht er sie dann gegen ein Risotto ein und schläft am Morgen auf der Wiese, als einer, der alles erlebt hat, und er hört Transistorradio und denkt sich, keine Panik, dann setz ich eben nächsten Winter alles auf die 10-Kilometer-Verfolgung, und das nur bei Idealbedingungen, also wenn die Loipe knochenhart und blank ist.

Eero lüftet seine Hand im Gegenwind aus, holt sie wieder herein und kurbelt das Fenster hoch. Es wird still. Das macht Eero nachdenklich. So geht das nun mal, seufzt er, ab und zu kommt das Leben in Fahrt, und dann erscheint man wieder mit Tanzschuhen an den Füßen bei der Arbeit und küsst daheim die Frau, als ob nichts gewesen wär. Auch das wird ihm noch bevorstehen. Aber jetzt ist er erst auf dem Hinweg, und das ist kein Verbrechen, nicht einmal, dass er vor der Abfahrt zwei Kondome aus der Packung mitgenommen hat. Es wäre eines gewesen, wenn er zwei genommen und drei an deren Stelle gelegt hätte, das wäre Betrug gewesen. Es kann auch Spaß machen, betont Eero, sich über Abfederungen seiner Vergehen Gedanken zu machen, aber es ist nun einmal die kalte Wahrheit, dass man auf einer solchen Tour mit seiner Ehefrau nichts anfangen kann. Er hat es versucht, er hat sich mit seiner Frau zusammen den mongolischen Elvis angehört, der wie eine Wachsfigur dasteht und ein, zwei düstere Melodien im Kehlkopfgesang zum Besten gibt. Er ist schön brav auf der Bank sitzen geblieben, obwohl der Duft der Erotik aus Richtung Barzelt heranwehte und er sehr wohl sah, dass etwas Passendes herumlief. Als seine Frau am nächsten Tag mittendrin nach Hause wollte, rannte er zum Busbahnhof, um die Fahrpläne zu studieren und ihr Fahrkarten zu kaufen, und als er sie hatte, bewahrte er sie in einer Plastikhülle an seinem Herzen auf.

Soll die Frau doch ihre eigenen Touren machen, sagt Eero, er verspricht, die Leiden zu ertragen. Soll sie doch eine Woche lang gut gelaunt vor sich hin pfeifen, soll sie das Auto waschen, ihre Koffer packen und freitags in Richtung Norden abdüsen. Kann sein, dass er sich diese Vorbereitungen von der Seite anschaut und sich, während ein Fußballspiel läuft, sogar mal kurz Gedanken macht, was seine Frau auf der Reise wohl so treibt. Aber er verspricht, es auszuhalten.

»Da ist doch eine Anhalterin«, brüllt Eero dreihundert Meter zu spät.

7.

Eero verlangt, umzukehren, das Mädchen mitzunehmen. Als Harri nicht einverstanden ist, sagt Eero, jetzt wird eine Grundsatzentscheidung getroffen: Ist ihnen alles recht, was einen Rock trägt und eigene Zähne hat, oder fangen sie an, wählerisch zu werden und leer auszugehen?

Harri fährt weiter. Eero ist binnen zwei Minuten versöhnt. Er gibt zu, dass die Spiele erst begonnen haben; hätte er sich jetzt gleich verliebt und seine Frau verlassen, um mit der Neuen zusammenzuziehen, hätte er das noch bereut, spätestens im Dezember wäre es zum ersten großen Streit gekommen, und er hätte seiner Braut die bittere Wahrheit ins Gesicht geknallt: »Du bist ja doch bloß eine Anhalterin.«

Die Straße führt durch eine öde Moorlandschaft, die Fichten werden niedriger, und vor den Schuppen häuft sich der Schrott. Am Scheibenwischer ist eine Biene hängen geblieben. Auch durch Wischen löst sie sich nicht. Nachdem Eero gebeten hat, anzuhalten, steigt Harri aus und hebt die Feder des Scheibenwischers an. Er hofft, die Biene könne durch die Kraft eines Wunders noch davonfliegen. Sie kullert tot herunter und fällt durch einen Schlitz des Lüftungsgitters.

Eero steht am Waldrand und erklärt, bereits den Duft der Provinz in der Nase zu haben. In solchen Moorlandschaften tropft der Fusel in der Destille, und in seiner ärmlichen Hütte malt ein alter Kerl zarte Bilder von seiner Liebe; in Mittel-Ostbottnien waren sie klug genug gewesen, genug Moorwald übrig zu lassen, damit sie sich darin vor einander und vor der bösen Welt verstecken können; weiter südlich sind sie nicht so klug, dort brennen sie in ihrer Gier die Wälder zu Pech und fangen an, die Messer zu schwingen. Bei ihnen sind die Männer friedlich und kennen sich selbst. Sie wissen: Wem der Geduldsfaden reißt, der landet in der Zelle.

Mit beiden Händen als Schalltrichter lauscht Eero der Stille des Waldes. Er vermutet, in diesen Fichtenwäldern könnten sogar noch Bären leben. Jeden Moment kann es ihnen gehen wie Donald Duck, und ein Bär kommt aus dem Unterholz auf die Straße gepoltert, steigt ein und sagt, er fährt mit zum Festival. In Kaustinen kommen sie aber in keine Wirtschaft rein, wenn sie einen Bären bei sich haben, der Türsteher schiebt sie nur wieder auf die Straße und sagt, ihr habt hier nichts verloren. Er würde dann als Erster die Nerven verlieren, vermutet Eero, im ganzen Dorf würde er herumbrüllen, »verdammte Scheiße, mit diesem Bären kommen wir nirgendwo rein«. Der Bär kapiert natürlich gar nichts, ist nicht mal beleidigt, brummt nur ständig dieselben Worte, »ich komm mit« und »wo ist denn Harri hin«, und ihre Ehefrauen würden ihnen niemals glauben, dass sie nirgendwo gewesen waren, weil sie einen Bären am Hals hatten.

Harri klemmt sich hinters Lenkrad und knallt die Tür zu.

»So groß sind diese Wälder«, sagt Eero und kriecht ebenfalls in den Wagen.

8.

Der Nachmittag ist weit vorangeschritten. Die Luft ist klar, Harri dreht vergeblich an der Sonnenblende; die Straße wird kurvenreicher.

Eero nimmt einen Schluck und sagt, er werde jetzt langsam den Takt drosseln. Falls er richtig gerechnet hat, sind sie zur Essenszeit in Kaustinen, und er befindet sich jetzt in der Phase der Betrunkenheit, in der das Verhalten leicht über die Anforderungen der Situation hinausschießt. Er bezweifelt, ob Harri ihm das glaubt, als fanatischer Abstinenzler, aber er, Eero, ist auch betrunken fähig, einzuschätzen, wie sehr er in Fahrt ist. Wie viele Artikel hat er geschrieben, als er einen Kleinen sitzen hatte, und wenn auch der Schluss manchmal ein bisschen versumpft ist, gelang ihm der Anfang doch jedes Mal ungeheuer schön und lyrisch. Nur einmal konnte er eine Geschichte nicht schreiben, da hatte er erst die Überschrift fertig gehabt, als ihn die Redaktionssekretärin weckte: RYTINEN WRD STRKER. Was soll's, breitet Eero die Arme aus, er hatte den lieben langen Tag die Bänderkür von jungen Sportgymnastinnen verfolgt und war dabei unsagbar melancholisch geworden, wie er es bei solchen Veranstaltungen immer wird. Aber in seinem Elternhaus und am Tisch seines Bruders wagt er nicht betrunken zu erscheinen; er ist das jüngste von acht Geschwistern, er wird immer noch wie der kleine Bub behandelt und dazu abkommandiert, die Pfeile aus der Zielscheibe zu ziehen, und er bringt es nicht übers Herz, dieses schöne Tableau kaputtzumachen. Er ist hier praktisch auf dem Weg zur Beichte.

Eero schluckt vor Rührung und weist auf die Felder: Hier ist er zu Hause. Hier steht er auf dem Steg über dem heimatlichen Entwässerungsgraben und schaut zu, wie die Strömung die Gräser schwanken lässt und wie sie seine, Eeros, Seele ins Schwanken bringt und ihm vom Leben erzählt. Dies ist das Land, in dem er sich zum ersten Mal verliebte, mal in die eine, mal in die andere, wo er mit dem einen Bein hier und mit dem anderen dort stand, aber trotzdem mit glühendem Herzen, als hätte man es ihm aus der Brust gerissen und auf den Grill geworfen und dort hin und her gedreht, dass es nur so zischte, aber gar ist es nie geworden. Nur das Alter hat zugenommen, und die Schuhe sind gewachsen, und er ist zur Landstraße gegangen, um auf den Bus zu warten. Und auf dieser Reise befindet er sich noch immer.

Eero schüttelt den Kopf. Harri hat angeblich Angst vor Menschen, regelt aber seine Sachen anderswo wahnsinnig mutig und direkt und kaltblütiger als er, Eero, der durch und durch ein Junge vom Land ist – er wurde ja rot und meinte, umzukippen, als zum ersten Mal jemand *ciao* zu ihm sagte, er wusste nicht, wie man darauf antwortet. Er kommt aus einem Dorf, und in diesem Dorf stehen Häuser, in denen die Veränderungen auf der Welt einmal im Jahr registriert werden, und zwar beim Anschauen der Eishockey-Weltmeisterschaften. Über Reisen ins Ausland hat man vielleicht in einer Illustrierten gelesen, selbst ist man sein ganzes Leben lang immer nur die hundert Meter lange Dorfstraße auf und ab gegangen, und die war so voll von alten Männern und alten Weibern, dass man sie in den Graben schubsen musste, um Platz zum Gehen zu haben.

Aber seine Wurzeln kennt Eero, und bei diesen Wurzeln wird man ihn auch begraben. Sein Sarg wird nicht in fremder Erde landen, man wird ihn auf einen Eselskarren laden und hierher transportieren. Ein Freund darf fahren, und die Witwe soll in Schwarz daneben sitzen, so hat er es geplant. Das Problem ist, wo kriegt er einen Mann her, dem er diese Aufgabe anvertrauen kann, auf wen kann er sich verlassen. Er sieht schon den heißen Tag vor sich, wenn sich jedes Mal ein Fliegenschwarm auf dem Sargdeckel niederlässt, sobald der Wagen anhält und die Witwe die obersten Knöpfe aufmacht und der Rocksaum nach oben rutscht. Was wird dann geschehen? Das macht ihm Sorgen; wird der Chauffeur die Frau des Freundes anrühren und sich auf der Stelle verleiten lassen, oder wird er sich der Freundschaft erinnern und all dessen, was er geschworen hat? Viele würde er gerne bitten, dieses Ehrenamt zu übernehmen, aber wem kann er vertrauen? Ziemlich wenigen, sagt Eero und fixiert Harri forschend.

Sie erreichen die Ortsmitte. Nach den Feldern und Moorwäldern wirkt sie für Harri lebensfroh, als wäre alle Freude und Leichtigkeit aus der weiteren Umgebung hier zusammengerafft worden: Vor den Geschäften und am Straßenrand blinken und blitzen geparkte Autos, und die Leute eilen mit wehenden Sommerkleidern über die Straße, dass Harri langsam fahren und genau vor sich und durch jeden Busch und an jedem Verkehrszeichen vorbeischauen muss. Das macht ihn ungeduldig, es kommt ihm vor, als würde gerade jetzt hier ein knappes und kostbares Gut verteilt werden, nachdem auch er sich sehr sehnt.

Eero beruhigt ihn, erinnert daran, dass die entscheidenden Spiele erst am Abend beginnen; jetzt fahren sie erst mal zum Essen zu ihnen.

9.

Der Tisch ist lang, die Frau des Hauses stellt an einem Ende rasch zwei zusätzliche Teller hin. Eero schöpft sich Kartoffeln und Soße, schlürft Milch und fabriziert Brote, und während er hantiert, erklärt er die ganze Zeit etwas. Harri versucht, sich im Schatten von Eeros Worten zu verstecken, seinen Bewegungen zu folgen, nach ihm zum Besteck zu greifen und unauffällig von seiner kleinen Portion zu picken. Es fällt allen auf.

Die Stube ist sauber und groß, und in ihrer sonnengelben Luft schwirren Fliegen. Durch die Tür blickt man in einen noch größeren Raum, in den Saal, wo viele schmale Teppiche nebeneinander über den dunklen Fußboden laufen. Harri muss das alles demütig betrachten und auf diese Weise beschäftigt und in Anspruch genommen aussehen, um jeden Ansatz zum Gespräch zu vermeiden. Sein Benehmen wirkt sich nun anders aus, als er es gewohnt ist: Neugierig und unverhüllt abschätzend wird er gemustert.

Am Kopfende des Tisches bringt Eeros Bruder das Gespräch auf das Fest, er schaut Eero mit funkelnden Augen an und fängt Sätze an, die nirgendwo enden: »Auf dem Weg zum Fest also ... Da sind wieder allerhand Leute ... Heute ist auch Tanz ...«

Eero ermuntert seinen Bruder nicht und stiftet ihn auch nicht an, er nickt nur als Antwort.

Menschen stehen vom Tisch auf und laufen zwischen den Zimmern und auf der Treppe umher, sie kommen und gehen – Harri bekommt nicht die geringste Vorstellung von ihren Verwandtschaftsverhältnissen. Eero steht nicht auf, seine Bewegungen sind bereits so abgeklärt und zweckmäßig, dass er wie ein nüchterner Mann wirkt. Das beruhigt auch Harri, ermuntert ihn, gelassen aufzuessen, was der Tisch bietet. Er befindet sich hier im Rücken der Ängste, im Schutz des Faktischen. Nur der Aufschnitt weckt seinen Argwohn: Er sieht eine Fliege auf dem Teller landen und erschrickt, schaut auf die Wurstscheibe auf seinem Brot, wartet den passenden Moment ab und wagt das Risiko, lässt die Scheibe in die Hand gleiten und aus der Hand ins Taschentuch und schiebt das Knäuel mit geneigtem Oberkörper und seinen Teller aus nächster Nähe anstarrend in die Tasche.

10.

Auf dem ganzen Gelände stehen Gebäude, Speicher und Schuppen und rote Häuschen, vor denen Leute sitzen, die Eero kennt. Harri läuft ihm hinterher und steht vor so vielen fremden Menschen, dass er bereits anfängt, sich mit den Augen der anderen zu sehen, als erwachsenen Mann in voller Größe, der ernst genommen wird.

Auf den Stufen eines mit rotem Ocker gestrichenen Speichergebäudes sitzt ein 60-jähriger Mann mit ausgestrecktem Bein und schiebt eine Stricknadel in seinen Gips. Er grüßt Eero und kratzt sich das Bein, sagt, seit Johannis habe ihn sonst nichts mehr gejuckt. Er fängt an, wie zu vertrauten Personen über seine Johannisnacht zu berichten: wie er hier auf diesem Hof geplant hatte, zum Tanzen zu gehen, und dabei die Tanzschuhe im Takt der Akkordeonmusik geschwenkt hatte, die in jener Nacht pausenlos im Radio gespielt worden war. Es war bereits spät am Abend gewesen, und der Tau hatte sich gelegt, flink führten ihn die Ledersohlen über die Wiese, und sofort nachdem er ausgerutscht war, spürte er, dass die Walzer nun getanzt waren. Seine Frau fuhr ihn zum Gesundheitszentrum und von dort in die Poliklinik in der Stadt. Da hieß es dann, Kutte an und warten. Zu mehreren Mann lagen sie da, jeder an einer anderen Stelle Blut vergießend, und warfen einander Blicke zu: Bald wird man als Kerl weggebracht, mal abwarten, wer zurückkommt. Dass ein erwachsener Mann dermaßen Angst haben kann, er schüttelt sich, wenn ihr mal in der Ambulanz liegt, dann wisst ihr, wer ihr seid und ob ihr aus robustem Material besteht. Dort waren die Johannisfeste junger Männer bedroht, dort wurde schon vom Heim gesprochen und die Bedeutung von Arbeit und Bewegung hervorgehoben und Geld für die Kultur gefordert. Das Leben schimmerte durch die Ritzen der Jalousien, und der Körper war innen. Die Schwestern sahen weise aus, also die alten, die Jungen waren bloß schön, die durfte man anschauen, aber von den alten konnte man sein Leben zurückbekommen. Man rammte ihm eine Spritze in den Rücken, und der untere Teil verschwand vollkommen. Ein Stück Stahl und neun Schrauben haben sie ihm ins Sprunggelenk geknallt – es klang wie ein Akkuschrauber. Schon am nächsten Abend humpelte er zu Hause herum, wickelte sich einen Müllsack um den Gips und ging in die Sauna, weil das absolut verboten war. Als er dann von der Pritsche aus die Welt betrachtete, verstand er, wie viel er vom Leben abbekommen hatte, ein gesunder Mann, und dieser Gedanke war irgendwie schwer. Der Fuß tat tagelang weh, und immer wenn er Schmerzen hatte, war er unglücklich, und immer wenn der Schmerz nachließ, war er glücklich und fröhlich und lächelte allen zu. »Also, was besonders Geheimnisvolles ist dieses Glück nicht«, sagt er und blickt über den Hof.

Sie blicken mit ihm auf den Hof, auf den zertrampelten Rasen und das Haus dahinter. Auf der himmelblauen Veranda des Hauses ist eine schwarze Katze aufgetaucht. Sie sieht aus, als hätte sie schon lange dort gestanden, Luft geschnuppert und nun eine Vorstellung von der Welt bekommen. Sie macht sich auf den Weg quer über den Hof.

11.

Das war Sulo, sagt Eero im Auto, ein Vetter, der seit zwanzig Jahren plant, zum Johannistanz zu gehen; das ist zu Mittsommer sein Hauptprogramm. Eero beklagt, dass in dieser Gegend die Männer zwischen vierzig und sechzig nicht hingehen, sie können nichts als arbeiten und zugucken, wie die anderen gehen. Erst die Siebzigjährigen können dann wieder, sagt Eero, sie stehen einmal im Jahr von ihrem Schrotthaufen auf und fahren in den weichen Sitzen eines Taxis wie die Patrone in die Stadt und streichen im Restaurant über die weißen Tischdecken und benehmen sich wie in der Kirche.

Die Fichtenallee und die Ackerflächen bleiben hinter ihnen zurück, und die Dorfstraße begradigt sich zur Landstraße. Eero seufzt, fragt sich, wie lange er gebraucht hat, seine heimatlichen Volkstänze zu kapieren – zehn, zwanzig Jahre. Erst als sein Vater starb, als es keine Aufladung und Bedeutung mehr gab, lernte er zu sehen und gelassen zu sein; erst danach verstand er sich selbst und erinnerte sich, wie es war, als der Mist aufs Feld gefahren wurde und er auf dem Traktor saß und die Ackerstreifen schmal waren und der Traktor einknickte und der Vater brüllte, verdammt noch mal, der Kerl kann nicht mal Traktor fahren. Er hat gebrüllt, sagt Eero, sich also nicht gerade wie ein Consult für Atmosphärefragen verhalten und einfühlsam erklärt, wie nun verfahren werden soll. Aber was soll's, sagt er, er, Eero, weiß, woher sein Druck kommt, und wenn man das weiß, macht es einem nichts aus. Er kennt sich. Er weiß jetzt, dass sein Vater ihn immer dann lobte, wenn er nicht schimpfte, und er versteht, warum es ihm so schwer fällt, Dank anzunehmen. Er erinnert sich jetzt, wie ihm der Vater einmal befahl, den Schlitten zur Seite zu räumen, damit er pflügen kann; er befahl es einmal, dann fuhr er mit dem Traktor darüber – er hatte es gesagt, und der Schlitten war nicht aus dem Weg geräumt worden. Aber sein Vater hatte vergebens Angst gehabt, sagt Eero, aus seinem Sohn ist kein unbehaarter Steward geworden, in den sich auf Inlandsflügen Diakonissen verlieben.

Der Vater war wie eine dunkle Wolke, sagt Eero, man konnte keine Einzelheiten an ihm erkennen. Da gab es vieles, worüber sich ein kleiner Junge wundern konnte. Größtenteils war er einfach gegen alles und überlegte still bei sich, wie das nun ging, warum einer so eine große Macht hatte, obwohl kein Grund dafür zu erkennen war. Eero findet, es gäbe nichts Schwierigeres als Vater und Sohn, das funktioniere nie, da fehle immer das Dritte, der Heilige Geist; und nichts sei schrecklicher als ein Sohn, der sich gegen seinen eigenen Vater erhebe. Sicher, auch er weiß über diese Dinge das ein oder andere, auch er hat in Yyteri im großen Restaurantsaal gesessen, bei Regen, wenn der Strand verlassen ist und alles roh und schön, er selbst hat verlassen dort gesessen und seinen Kaffee getrunken und von außen beobachtet, wie es aussieht, wenn sich Vater und Sohn begegnen und beide versuchen, ein Mann zu sein, und wenn der Vater dem Sohn eine Coca-Cola bestellt und sich nackt vorkommt, weil Ferien sind und er nicht über die Arbeit und nicht über Eishockey reden kann. Da sitzen sie sich gegenüber, Vater und Sohn, und erwarten von einander etwas. Der Vater erwartet immer etwas, sagt Eero, die Mutter ist froh, dass der Junge am Leben ist, aber der Vater erwartet etwas – selbst wenn der Sohn im Volvo auf den Hof gefahren kommt und berichtet, er sei Geschäftsführer, hat der Vater den Verdacht, sein Junge ist pleite. Vor dem Tod kommen Vater und Sohn einfach nicht zusammen. Und danach auch nicht, stellt Eero fest, wenn der Vater stirbt, dann ist das so wie seine, Eeros Betrunkenheit in diesem Moment, da vereinigen sich Glück und Trauer. Bei der Beerdigung kann man sich die Titten der Kusinen anschauen und darüber nachdenken, wie sehr man erleichtert sein und wie sehr man trauern sollte.

12.

Auf dem Campingplatz ist der Abend schon weit fortgeschritten; die Frauen wühlen vor den Wohnwagen in ihren Handtaschen, toupieren sich die Haare und brechen zum Tanz auf. Eero lädt zwei Säcke aus dem Kombi: Die Unterkünfte werden aufgebaut, Zelte, die von Aluminiumstangen aufrecht gehalten werden und so leicht sind, dass man mit ihnen Volleyball spielen könnte. Mit Stahlheringen werden sie ins weiche Gras genagelt.

Eero trinkt. Harri sitzt auf der Isomatte und wartet ungeduldig, aufgekratzt von der Länge des Tages und dem Leben, das ihn umgibt. Eero zieht einen Anzug aus seiner Reisetasche und bietet Harri ein weißes Hemd an. Während er es anzieht, lässt sein Eifer sofort nach, alles kommt ihm nur noch real vor: Durch seine Wünsche hindurch sieht er wieder diese Welt.

Eero erhebt Einspruch: Mit dieser Einstellung würde das kein langer Abend werden – Harri soll seine Phantasie spielen lassen, an den Moment denken, in dem ihm die Frau auf der Tanzfläche ganz nahe kommt und sich in Formen und Gerüche verwandelt, wenn die Gewissheit das Gemüt überflutet, dass vieles und alles in Aussicht ist. Auf diesen entscheidenden Moment soll Harri sich jetzt konzentrieren und nicht über irgendwelchen Unsinn betrübt sein – wenn er sich nicht konzentriert, versiebt er die Gelegenheit, wenn sie kommt, vergibt überhastet oder kommt zu spät.

Eero bittet Harri, an Eishockey zu denken: Hat dort Erfolg, wer überhastet agiert? Er beantwortet die Frage selbst, ruft die Antwort aus. Er sagt, er habe vom Eishockey so viel gelernt, dass er ohne nicht mal zur Hälfte der Mann wäre, der er ist. Er hat gelernt, dass man an seine Stärken glauben muss, besonders bei Frauen, bei denen sich ein Mann sofort festfährt, wenn er ihren Launen folgt. Die Frau trägt den Widerspruch in ihrer Seele, sie sehnt sich nach heftiger Zärtlichkeit, sie will, dass ein schmutziger Bauarbeiter ein ungehobeltes Vierundzwanziger gegen den Strich hineinschiebt und dabei Lyrik aufsagt und den Bauchnabel küsst. Auf so was darf man sich nicht einlassen, mahnt Eero, da macht man sich bald zum Clown: Lass eine Frau deine Stimme als männlich loben, und du merkst bald, dass du dich selber spielst und so richtig aufplusterst, wenn du versuchst, ihr was vorzuknurren, und du gehst aufs Klo, um sie von dort anzurufen und lässt es für sie hallen und sprichst schmutzige Dinge durch eine Bierdose.

So etwas geht nicht, sagt Eero. Wenn eine Frau interessiert ist, muss der Mann ausdruckslos sein wie eine tote Kiefer – wie der Trainer der sowjetischen Eishockeynationalmannschaft, der alle Freude und allen Schmerz der Welt in seinem Herzen versteckt hält. Wenn dann in den Augen der Frau das Versprechen aufblitzt, heißt es unmerklich und gentlemanlike handeln, in die Torecke gleiten. Und erst, wenn der Moment des ersten Kusses naht, darf man sich entspannen, dann soll der Mann ein sicherer und rücksichtsloser Verteidiger sein, den sogar die eigenen Leute hassen.

Eero weist darauf hin, dass sie nun zu zweit unterwegs seien, und das sei bei einer Sommertour schon eine Angriffsreihe, und die müsse zusammenspielen wie die Brüder Stastny. Wenn einer ungeduldig ist und hetzt, muss der andere die Lücke schließen, in beide Richtungen spielen, ansonsten klingelt es im eigenen Kasten, und alle sind angeschmiert. Rollenverteilung darf und muss sein, einer soll ruhig die schmutzige Arbeit an der Bande der Tanzfläche machen und labern, was das Zeug hält: Er baut das Spiel auf und unterbricht Situationen. Kommt der Außenstürmer in dem Moment angefahren, in dem der Puck aus der Blockade springt, gibt das ein sicheres Tor. Man muss sich nur klar machen, dass sich das jetzt auf der Tanzfläche abspielt. Viele begreifen es nicht, akzeptieren es nicht, trauen sich nicht, es sich einzugestehen oder wundern sich: So einfach geht das. Er muss kühl ins Netz gewischt werden. Das unterscheidet die Torjäger von denen, die in der Drittelpause sitzen bleiben und zugucken, wie die Eismaschine ihre Kreise dreht, sagt Eero.

Eine schnelle Führung, ein Zwei-Null, ist Eeros

Meinung nach gefährlich, auf der Tanzfläche wie auf dem Eis. Wer zurückliegt, hat Kraft, sich reinzuhängen und alles zu versuchen, und wenn es unentschieden steht, ist der Mann frisch, und womöglich auch, wenn er ein Tor vorne liegt, aber bei Zwei-Null wiegt er sich in trügerischer Sicherheit. Die ersten unfreundlichen Bodychecks, das Anschlusstor, und der Rest des Abends ist totale Scheiße, das Spiel zerrinnt zwischen den Händen und die Niederlage wartet. So ist es vielen ergangen. Aber auch dann lässt das Eishockey den Mann nicht im Stich, sagt Eero, niemals. Die schlimmsten Stunden der Einsamkeit, die übelsten Kater hat er stets überstanden, indem er die Namen der Tschechen aus den 70er Jahren aufgezählt hat: Holi, Hlinka, Nedomansky. Und schon kehrt die Kontrolle zurück. Dann findet sich die Wand wieder, an die man sich lehnen kann, die Landmarke, die auch im Sturm nicht zusammenbricht. Ob er rangelassen wurde oder nicht, ob er Schulden hat oder nicht, ob er noch so sehr mit gesträubtem Nacken wie ein Barsch herumläuft, eine Stunde später saust er wieder wie ein alter Kämpfer übers Eis, mit einem Jofa-Helm auf dem Kopf und einer Grimasse im Gesicht, die sagt: Komme, was da komme, ich weiß, was hier für ein Spiel läuft.

Wenn man auf der Tanzfläche an all das denkt, dann klappt es immer, verspricht Eero und fixiert Harri mit erhobenem Zeigefinger. Aber man muss Fehler vermeiden: Wenn man eine Frau sieht, mit der es vor drei Jahren geklappt hat und bei der immer noch der Po hübsch wackelt, dann nix wie den Arsch auf die Bank und stop. Ansonsten passiert es, dass man ihr einen Platz frei hält und es den ganzen Abend bei anderen versucht, weil man das Gefühl hat, bei der einen klappt es ja sowieso, und dann klappt es nicht, weder hier noch da. Das ist dasselbe wie Finnland gegen Polen in den siebziger Jahren, scheinbar eine Routineangelegenheit, und als im Schlussdrittel noch vier Minuten zu spielen sind, liegt Finnland eins-fünf zurück und ist ein Mann in Unterzahl. Sogar der Reporter wird wach, von wegen: Jetzt heißt es wenigstens so viele Kräfte mobilisieren, dass man die vier Tore bis zum Ausgleich noch erzwingt, und warum nicht eins mehr. Und dann läuft es so, dass in der letzten Minute der Torhüter rausgenommen wird, und es steht eins-sechs und die Sirene heult. Und alle glotzen vor sich hin, als könnten sie das noch gutmachen. Obwohl das Spiel schon aus ist, seufzt Eero. Die Enttäuschung ist so groß, dass man sie nicht glauben will. Und am nächsten Morgen sammelt man am Hoteltisch die Kohlenhydrate ein und sagt, das Ziel ist in einem halben Jahr, wenn das wirklich große Turnier beginnt.

»So kommt es, wenn man es bei einer sicheren Frau probiert.«

13.

Die Tanzfläche befindet sich auf einem Hügel, neben der Sprungschanze. Eero lockt Harri weiter und schärft ihm ein, er sei nun wie Odysseus im fremden Land: Er habe sämtliche Vorteile des Unbekannten auf seiner Seite. Harri bremst, äußert Zweifel, ob das weiße Hemd einen Helden aus ihm mache; Frauen himmeln auch kein Schwein an, bloß weil es eine Schleife um den Hals trägt und einen Hut aufhat. Eero seinerseits bezweifelt, dass das Schwein sich selbst so ausstaffiert haben könnte, und da läge der entscheidende Unterschied zwischen Harri und dem Schwein.

Eero gesteht ein, diesen Weg selbst schon einmal zitternd und bebend hinaufgestiegen zu sein, nämlich damals, als er zum ersten Mal von der Schanze gesprungen war. Aber als er dann oben ankam, galt es einfach, sich vom obersten Brett abzustoßen und die Haltung in eine Form zu gießen, wie man sie im Fernsehen gesehen hat, und schon zitterte die Spur vor den Augen, und der Rand des Schanzentisches kam entgegengeschossen, und da musste man was tun, zumindest hoffen, dass das Publikum Hurra schreit.

Eero sagt, er segne sich selbst dafür, nicht in seiner Heimatgemeinde geblieben zu sein: So muss er nicht ständig auf die Silhouette der Sprungschanze blicken und sich fragen, ob er hätte mehr trainieren und weiter springen müssen. Er kann mit zart gestimmtem Gemüt zum Tanz gehen, und nicht steif vom Training und vom Mistschaufeln. Obwohl das eine großartige Zeit war, korrigiert sich Eero, da wurde nicht Saturday Night Fever gehört, da roch man nach Mann und war ernst wie vorm Altar, die Sorte Altar, auf der alles erlaubt ist, wenn es darauf ankommt.

Um den Tanzboden herum lag der süße Dunst von Malz und Pastillen. Die Menschen liefen unternehmungslustig umher und gingen aneinander vorbei, als wäre in jeder Richtung mit etwas Interessanterem zu rechnen. Etwas abseits schwankten die Bündel der Liebenden im Schatten der Bäume. Auf den Gesichtern der Mädchen hatte sich eine helle Feiertagsmiene verfestigt, und die Augen der Jungen blinzelten beim Küssen irritiert: Wie geht es jetzt weiter.

Harri sieht sich alles von außen an, die Landschaft, die sich bis zum Horizont erstreckt, die Flanken der Kiefern, auf denen die Abendsonne glüht, und die Menschen, die durch die Wärme vom Tanz und voller Hoffnungen glühen und sich in dieser unwirtlichen Landschaft unter den Bäumen drängen. Und als er all das lange genug betrachtet, sieht er in den Menschen allmählich sich selbst, sein hilfloses, ungeheucheltes Gehabe, und er staunt darüber, dass sich diese Menschen gegenseitig akzeptieren können. Auch er fängt an, um die Tanzfläche herumzulaufen, als wäre er irgendwohin unterwegs, und als er Eero auf einer Bank in Begleitung zweier blonder Frauen sieht, erschrickt er dermaßen, dass er stocksteif vorbeispaziert, die Tanzfläche zweimal umrundet und sich erst dann mit unkomplizierter und einstudierter Miene dazugesellt. Alle gucken ihn an. Eine der Frauen meint, Harri auf der Tanzfläche gesehen zu haben. Als Eero fragt, ob es bestimmt Harri gewesen sei, ob sich die Gestalt, die sie gesehen habe, geschmeidig wie ein Panther bewegt habe, antwortet die Frau bejahend und kichert. Harri kann sich setzen.

Als Harri und Tuula später eine Polka über die Tanzfläche jagen und dann mit leuchtenden Gesichtern zur Bank zurückkehren, bittet Eero um die Erlaubnis, darauf hinweisen zu dürfen, dass das Leben nicht nur aus dem Spektakel einer Polka bestehe; insbesondere Harri habe guten Grund, sich an die andere, die düstere Seite dieses Lebens zu erinnern. Eero sagt Harri auch, soweit er gehört habe, wohnten die beiden Frauen in einem Ferienhäuschen, gar nicht weit weg von hier, und da es sich nun so gut treffe, dass sich ein nüchterner Mann in ihrer Gesellschaft befände, müsse man die Freuden des Tanzes nun hinter sich lassen und zum Ferienhäuschen fahren, um dort in die Sauna zu gehen.

14.

Im Auto wirken die Verhältnisse sofort offensichtlich und abgemacht: Im Rückspiegel umarmt Eero Anita, und Tuula setzt sich neben Harri und legt ihm die Hand auf den Oberschenkel. Die kleinen Finger der Frau kommen Harri wie eine Vision vor, wie die Fleisch gewordene Sünde, vor der man lange geflohen ist und die nun mit einer einzigen Bewegung den Widerstand von Jahren hinwegwischt. Er atmet tief, schaltet das Radio an, konzentriert sich auf die Straße und spürt die ganze Zeit die zarte Berührung der Frau auf seinem Oberschenkel. Eero lamentiert auf dem Rücksitz über die Unbefangenheit der Frauen: »Ihr lockt verheiratete Männer in die Sauna!«

Das Häuschen steht am Ende eines mit Gras überwachsenen Weges an einem Flussufer. Anita macht die Tür auf und schiebt im Vorübergehen eine Spielzeugkiste unter die Bank. Harri steht auf einem fremden Grundstück inmitten von Lebenszeichen einer Familie. Die Sommernacht lässt Nebel vom Fluss aufsteigen. Eero kennt die Gegend, ihren Namen und ihre Geschichte, er weiß, wie die Kosaken hier Leichen ins Wasser stießen, wo sie davontrieben und sich in den

Flussschleifen stauten und ihnen ihre Namen gaben: Murhaniemi, Surmankurkku, also Mordlandspitze, Todeshals – wie es in dieser Gegend seiner Mutter schwer fiel, anhören zu müssen, wie das achte Kind der Familie später pazifistische Parolen von sich gab: »Wenn meine Brüder das gehört hätten, hätten sie mir hinter der Sauna eine Kugel durch den Kopf gejagt.«

Klitzekleine bläuliche und grüne Vasen umringen auf Regalen den Raum. Das Fenster wird von Leinenvorhängen eingefasst wie ein Mädchengesicht von blondem Haar; das Häuschen ist so hübsch, dass sich Harri schämt. Er geht auf den Teppichen hin und her, setzt sich auf den Rand eines ausziehbaren Bettes und versinkt dann der Länge nach im Duft von Stoffen und hundertjährigem Holz. Dafür schämt er sich so sehr, dass er jemanden bitten muss, zu ihm zu kommen.

Tuula kommt, liegt steif an Harris Seite und redet leise. Harri hört aus ihrer Stimme zuerst Betrunkenheit heraus, dann Müdigkeit, schließlich bloß das fremde Leben eines anderen Menschen. Die Frau erzählt von sich und ihrer Arbeit, von dem Apartment, das so klein ist wie ein Federmäppchen, vom Winter in der Stadt und von den Sommerreifen auf dem Fußboden neben dem Klappbett. Sie erzählt von der Elektronikfabrik, wo sie an die ersten Tage des Sommerurlaubs denkt und wo die Arbeitskolleginnen nicht mit ihr in die Pause gehen. Sie erzählt von dem Nachmittag, an dem sie vor Wut am Band geblieben war und 92 Komponenten zusammengesetzt hatte. Das war Rekord. Der Werkmeister lud sie zum Essen ein, und sie ging hin, obwohl es daheim Mauri gab und immer noch gibt, das nur zu Harris Information. Im Restaurant schloss sie sich in der Toilette ein, und vor den Kacheln dieses bombastischen Klos kam all das Elend des Südens in ihr hoch, das Mietapartment und die Fiat-Reifen, die Weiber in der Fabrik und die Arbeit, bei der alle Anerkennung darin besteht, dass der kleine Boss zum Bumsen bittet, und schließlich Mauri, der in der Heimat nur an sich denkt und auch sonst der falsche Mann ist. Sie erzählt, wie sie von der Toilette zur Garderobe stürzte, wie ihr der Werkmeister hinterherrannte und sie anbettelte, mit zu ihm zu kommen, um zuzuhören, wie er auf der Hammond spielt. Sie brachte es nicht übers Herz, abzulehnen. Und er spielte auch schön, konzentriert. Sie schaute zu und hörte zu, und zum ersten Mal hatte sie im Süden das Gefühl, hier ist ein anderer Mensch. Sie ließ zu, dass er sie umarmte und ihr das Kleid auszog, aber dann kam ein Stopp, er konnte nicht weiter, er machte sich Vorwürfe, wälzte sich auf dem Laken, rief irgendwo an und sagte mit ernster Stimme, ich liege hier neben einer schönen Frau, ein Kondom über meinem schlaffen Geschlechtsorgan. Das ist ihr in Erinnerung geblieben, weil er sie schön nannte. Sie verbrachte die Nacht in seinem Bett und ging am nächsten Morgen mit ihm ins Café, und dort, im Vorraum des Cafés, als sie am Spielautomaten stand und den Mann betrachtete, der allein vor seiner Kaffeetasse am Tisch saß, als es zehn Uhr an einem gewöhnlichen grauen Samstagvormittag war, fühlte sie, wie die Ängste verflogen, und sie wusste, sie würde hier zurechtkommen.

15.

Während die Frau redet, tastet Harri mit seiner Hand nach ihrem Rücken und nach weiter unten. Als sie schweigt, wird Harris Griff schlaff, er bemerkt die Unbeholfenheit seines Versuchs und übertüncht sie mit Worten. Seine Stimme klingt schmeichlerisch, und er muss sein Anliegen in eine Frage wenden, so sicher und nüchtern, dass er sich damit von der ganzen Situation lossagen kann.

Die Frau nimmt die Frage ernst, antwortet darauf, erzählt von ihrer Heimatgegend. Das erleichtert Harri so, dass er lange Zeit nicht mehr hört, was die Frau sagt; er hört, wie die Kraft in seine Glieder zurückkehrt. Die Frau starrt an die Decke und ist auf diese Weise unaufdringlich nahe. Auch sie ist das einzige Kind, auch ihre Skitour endete mitten auf dem Eis des Sees, als die Dämmerung hereinbrach, der Wind heulte und im offenen Mund pfiff. Ihre Kindheit war schwer wie ein endloses Frühlingsfest auf dem zugigen Schulhof im viel zu dünnen Rock. Nachmittags nahm sie die Vase, die ihr Vater zum fünfzigsten Geburtstag bekommen hatte und hielt sie vor dem Spiegel als Pokal in die Höhe. Auch sie gab ihr Fahrrad der Freundin und rannte selbst nebenher. Auch sie schaute sich beängstigende Filme an, weil sie glaubte, man müsse es tun, und hatte jahrelang Alpträume. Sie wurde rot, wenn ihre Eltern schmutzige Wörter benutzten. Die ließen sie immer noch erröten.

Die Frau federt das alles nicht durch Lachen ab. Sie schließt nur die Augen und rückt ihr Gesicht unheimlich nahe heran. Die Öffnungen ihres Gesichts und ihre ekstatische Miene bestürzen, Harri sieht darin die seltsamen Proportionen seines eigenen Gesichts und weiß und fühlt, wie einsam sich die Frau jetzt fühlen würde, wenn sie die Augen öffnete. Er will sich darauf vorbereiten, die Geste erwidern, über ihren Blick hinweggehen, näher heran: Er küsst die Frau.

Die Berührung kommt Harri feierlich und banal vor. Als er Zeit hat, daran zu denken, kommt ihm die Krankheit in den Sinn, ihre Übertragungswege und Wahrscheinlichkeiten, die bekannten Auszüge aus den Medizinbüchern, das Schuldgefühl wegen des verheimlichten Krankheitszustands und eine schreckliche Ahnung von den entsprechenden Geheimnissen der anderen – herabstürzende, dumpfe Gedanken, für die er sich selbst bestraft, indem er sich droht: Das hier verdirbst du nicht.

Als die Erregung erlischt, als das Küssen abbricht und die Gliedmaßen entmutigend aneinanderstoßen, gewinnen Harris Befürchtungen sofort die Oberhand. Er sieht schon das Morgen, die Enttäuschung und den Abfall. Die ganze Szene wird zum Gezappel, zum Ringkampf. Es wird heftig und wieder ruhig, erstickt und demütig. Harri muss es abbrechen, Erschöpfung vortäuschen, sich auf den Rücken legen und sich leise selbst beruhigen: Die Sünde bietet sich dar und wird nicht begangen, das Leben wird dadurch nicht schlechter und nicht besser. Einerlei alles, Kummer und Freude, dasselbe Zeug, Milch, die sauer wird. Alle Sorgen und Hoffnungen erscheinen bedeutungslos. Schon setzt der Schwindel ein: Nichts hat Gewicht oder Dauer oder einen verbindlichen Inhalt.

Als Harri Eero und Anita hereinkommen hört, glaubt er, davon nur profitieren zu können, einen neuen Anfang zu bekommen. Er kann den Ankömmlingen offen in die Augen schauen.

Eero will gar nicht mehr aufhören zu lachen. Er breitet mitten im Zimmer die Arme aus und lamentiert über die Effektivität des jungen Paares. Harri hört sich das Jammern tief im ausziehbaren Bett versunken an, das Gesicht in den Haaren der Frau verborgen und sein Kichern versteckend.

Eero und Anita setzen sich an den Tisch und reden im elektrischen Licht wie erwachsene Menschen. Als Tuula aufsteht, muss es Harri auch tun; er setzt sich dazu, isst Salzgebäck und geht, innerlich voller Verlangen, zwischendurch immer wieder in die Sauna, um Holz nachzulegen.

Irgendwann nach ein Uhr nachts, als die Dämmerung aus den Zimmerecken aufsteigt und alles verträumt und alt aussehen lässt, erhebt sich Eero und nimmt das Handtuch von der Stuhllehne. Er geht zur Tür, guckt durch den Vorhangspalt und sagt, die Sauna brennt.

16.

Zuerst passiert nichts. Harri geht langsam ans Fenster – aus dem Dach der Sauna schlägt eine meterhohe Flamme – und setzt sich wieder hin und macht ein altes, abgestandenes Mineralwasser auf. Er setzt es gelassen an die Lippen, nimmt einen langen Zug und sieht die anderen ruhig an. Ihre Bewegungen wirken wie in

Zeitlupe. Anita starrt auf das Telefon auf der Tischdecke vor sich und plappert etwas hinein. Tuula blickt auf dem Fußboden umher. Beide wirken auf Harri fremd. Sie sind fremd. Heute Nacht gibt es keinen Sex, stellt er fest. Eero springt auf. Das lässt Harri zusammenfahren, zwingt ihn, aufzustehen; noch im Rennen erstaunt es ihn, dass er rennt, es kommt ihm übertrieben vor. Er glaubt, draußen würde sich alles regeln, rückgängig machen lassen. An den Füßen hat er Strümpfe. Auf dem Gras werden sie nass.

Bei der Sauna angelangt, kommt es Harri vor, als sähe er zum ersten Mal Feuer. Es ist ein Ungeheuer, über das er im Lauf des Lebens viel Schlimmes gehört hat, es prasselt und knistert und lodert in Flammen, durch die man in die Sauna sehen kann: Die Waschschüsseln aus Plastik fließen als zäher Brei durch die Ritzen der Pritschen. Tuula erscheint mit glühendem Haar. Ihre Brüste wackeln unter der Jacke, Harris Wahrnehmungsfähigkeit ist jetzt gut, er sieht die Frau genau und hört dem Geräusch des Windes zu, dem Brausen des trocken knasternden Brennens, und er fragt sich, welche Rolle er hier spielt.

Eero kommt mit Eimern in der Hand vom Fluss herangeeilt. Ihn kann Harri nachahmen: Eimer umarmen und damit hin- und herpreschen, aus dem Fluss Wasser schöpfen, es schleunigst zur Sauna bringen und die Kräfte einsetzen. Alles dreht sich und tost um ihn herum, und er bewegt sich inmitten von alldem in seinem eigenen, langsamen Takt und trägt seine kleinen Eimer. Das Röcheln und Schnauben aus seiner Kehle klingt wie von einem anderen Menschen.

Als Harri die ersten Eimer ausgeschüttet hat, verfliegt der Zauber. Er findet sich in der Realzeit wieder und spürt seine Arme lahm werden. Das bringt ihm sofort den Moment des Sieges als Bild in den Sinn: Sie stehen in Anzügen auf den Stufen zur Sauna, die Lokalzeitung macht ein Foto, und vom Landrat kommt ein Glückwunschtelegramm. Harri muss jetzt laufen. Eimerweise spritzt das Wasser gegen die zischenden Saunawände. Die Flammen sterben unter dem Wasser und lodern in den Ecken und unter dem Dach gnadenlos wieder auf. Sie kommen aus dem Nichts, als gäbe es hinter dieser Wirklichkeit einen anderen großen und unlöschbaren Brand. Als Harri das akzeptiert, weiß er, dass er genug Kraft hat: Es genügt, wenn er wütet. Der Körper übernimmt die Macht, man kann sich an ihm aufrichten. Harri spürt seinen Körper so unmittelbar, dass er nicht weiß, wer er ist.

Halogenscheinwerfer flammen in der Nacht auf und erleuchten eine andere, unbekannte Landschaft, die Feuerwehr kommt mit zwei Autos auf das Grundstück. Düstere Männer laufen in Overalls umher. Einer klettert auf das Dach und lässt eine Motorsäge aufheulen. Von der Zwischendecke rieseln Späne herab wie in einem Theaterstück. Die Sauna zischt und dampft, Flammen sind keine mehr zu sehen. Das ganze Gebäude wirkt ermattet. Das lässt die Feuerwehrmänner bedrohlich und unnütz aussehen. Harri muss sie konzentriert anschauen, um nicht zusammenzusacken.

Ein Polizeiauto biegt auf das Grundstück ein. Der Polizist ist ein alter Mann, seine Lederjacke glänzend und stramm. Er umrundet die Sauna. Eero und Harri stehen nebeneinander vor ihm. Harri hat einen Strumpf verloren. Der Polizist sieht sie schweigend an und geht dann in das Ferienhäuschen hinein.

Als die Autos weg sind, wird das Grundstück kleiner. Es schrumpft und stirbt, man sieht es als das, was es ist, als das ungepflegte Grundstück eines Sommerhäuschens. Das Saunadach klafft offen dem Himmel entgegen. Das Innere ist schwarz verkohlt. Rundum liegen Späne und Müll, an einer Wand sind feuchte Scheite sauber aufgeschichtet. Harris Hemd dünstet Rauch aus. Er schnuppert, der Geruch ist ihm angenehm, er hält ihn in dieser Welt und an diesem Abend an Ort und Stelle. Er nimmt die Kühle der Nacht wahr. Er sieht das Feld hinter dem Grundstück, den Fichtenwald und die fernen Linien der Landschaft, diese Gegend. Er möchte nicht fort aus diesem Rauchgeruch.

17.

Im Ferienhäuschen heult Anita. Harri ist bestürzt, er muss sich sofort den Eifer aus dem Gesicht wischen und die Haltung des Helden fallen lassen. Er weicht aus und lässt die andere weinen. Eero erkundigt sich vorsichtig nach der Versicherung. Anita antwortet nicht, sie will wissen, wie sie das ihrem Mann erklären soll: Der wird sich freuen, nun wird er einen immensen Trumpf in der Hand haben. Eero wundert sich. Ist Anita gar nicht geschieden? Ist dabei, sich scheiden zu lassen, plärrt Anita. Dazu hat niemand etwas zu sagen. Harri würde gerne zu Hilfe kommen, etwas Großes und Unbedingtes versprechen, aber er hat nichts zu versprechen – ihm kommen nur Dachreparaturen in Nachbarschaftshilfe in den Sinn, im August, das mürrische Hämmern einer bunt zusammengewürfelten Männerriege.

Alle sitzen wie Übeltäter am Tisch und lassen mit gedämpfter Stimme den Verlauf der Ereignisse Revue passieren. Sie unterhalten sich darüber so lang und demütig, dass es die Tischgesellschaft allmählich zu Opfern veredelt und erhebt, sie von der Schuld erlöst. Jede stille Pause sammelt Beweismaterial gegen das Schicksal. Das Schicksal befindet sich irgendwo jenseits dieses Tisches. Anita spricht nicht. Als sie geht und die Tür zuknallt, bringt sie den Raum zum Schweigen. Harri versucht, sich in ihre Lage zu versetzen, ihre Gedanken zu denken, aus ihnen Schlüsse zu ziehen. Das veranlasst ihn, aus dem Fenster zu blicken: Will sie sich umbringen? Jeder kann sich umbringen. Die Ehefrau springt nach einem Streit vom Balkon oder schließt sich im Umkleidezimmer ein und setzt sich einen raschen Schnitt; der Onkel geht aus dem Haus, nach den Äckern sehen, und verschwindet hinter der Kurve, und sofort kehren die Mienen des Tages in die Erinnerung zurück, schicksalhafte Blicke und die untröstlichen Sätze des Onkels, der Blick streift über die Silhouette des Waldes, und das Herz pocht – wann wird das Ächzen des Erhängten zu hören sein? Erst als die Ehefrau weint, erst als der Onkel munter den Zufahrtsweg entlanggeht und mit einem Satz auf die Veranda springt, hat man das Gefühl, wieder Luft zu bekommen. Das weiße Hemd des Onkels bleibt als brennendes Nachbild in den Augen zurück. Der Vater bringt sich ganz banal und ungeahnt um, nachdem er die Teppiche ausgeklopft hat oder zum Kiosk gegangen ist; wenn man es voraussagt, wenn man versucht, den Vater aufzuheitern und sich um ihn zu sorgen, bemerkt es der Vater nicht, seine Traurigkeit befindet sich drüben, auf der missmutigen Seite, auf der hiesigen Seite befindet sich nur der bloße Vater. Der Tod des Vaters geht immer auf das eigene Konto: Man hätte die Nähe suchen sollen. Die Mutter verschwindet. Es ist der Tag des Jüngsten Gerichts, das Feuer lodert, und der Stahl knirscht, die Toten kommen aus ihren Gräbern wie eine Million Moskowiter aus den Höhlen der U-Bahn. Daran darf man nicht denken. Wenn man es tut, muss man schreien: »Immer scheint die Sonne, immer ist der Himmel klar, immer soll die Mutter leben, immer leben soll auch ich.« Harri steht auf und geht zur Tür, um nachzusehen. Anita sitzt bei der Saunaruine und summt leise vor sich hin.

18.

Im Ferienhaus steht Tuula am Fenster und blickt auf die Sauna. An ihrem Rücken kann man ablesen, was sie sieht. Sie wischt sich die Augenwinkel und spricht, ohne den Kopf zu drehen, mit einer Stimme, unter der das Weinen vibriert. Sie erzählt, wie es sie als Kind erstaunte, wenn man ihr sagte, das Leben sei schwer, wenn sich die Mutter nach dem Arbeitstag neben sie ins Bett legte und seufzte und krank aussah. So schwer war das Leben nicht gewesen – im himmelblauen Vorratsspeicher warteten weiß Gott wie viele gute Dinge, und die Sorgen lagen irgendwo weit hinter diesem Lager. Dort liegen sie immer noch, sagt sie, aber sie weiß mittlerweile, dass sie von dort aus hier zuschlagen und treffen, wann immer sie es wollen; weicht man einer aus, trifft einen die zweite. Sie sind wie fremde Sprachen, die sie lernen muss, wenn sie eine gelernt hat, muss sie die nächste lernen.

Eero sagt, vor einer Stunde sei er betrunken gewesen und willens, sich über alles Mögliche zu unterhalten, aber jetzt befindet sich sein Kater auf dem Tiefststand, und er kann sich mit niemandem mehr über nichts unterhalten, schon gar nicht über Sorgen und den Tod. Er hat seine nassen, schmutzigen Kleider ausgezogen und irgendwo einen viel zu kleinen Bademantel gefunden und steht darin mitten im Raum.

Tuula setzt sich auf das ausziehbare Bett und will über Sorgen und den Tod reden. Sie berichtet, im Winter damit Bekanntschaft gemacht zu haben. Ihr ist der Vater gestorben. Es war keine Überraschung, sagt sie gedämpft, ihr Vater war ein alter Mann, sie hat über seinen Tod nicht geweint, nicht einmal bei der Beerdigung. Eine Woche lang dachte sie überhaupt nicht daran. Es war ihr einfach nicht in den Sinn gekommen. Sie weinte erst am Sonntag darauf, als sie zum Telefon griff und ihr klar wurde, dass es niemanden mehr gab, den sie anrufen konnte. Sie und ihr Vater hatten die Angewohnheit gehabt, immer sonntags zu telefonieren.

Zum ersten Mal an diesem Abend kommen Harri das Häuschen und dessen Einrichtungsgegenstände real vor. Er begreift, dass er sich unter wirklichen Menschen in der Wirklichkeit befindet. Tuula setzt ihre Erzählung fort, sagt, das erste sonntägliche Weinen habe sie als so schön und glücklich empfunden, erst später musste sie viel kummervoller weinen. Zwei Wochen nach der Beerdigung rief sie ein unbekannter Mann an. Er teilte mit, ein Freund ihres Vaters zu sein, ein Steinhändler, derjenige, der ihrem Vater all die Steine verkauft und geschenkt hatte, die er auf den Tischen und in den Schreibtischschubladen und auf dem Klo und auf den Fensterbänken und an den Wänden rundum in seiner ganzen Zweizimmerwohnung im Kirchdorf aufbewahrt hatte. Er bat um die Erlaubnis, die Steine wieder einzusammeln. Das entspreche auch dem Wunsch des Verstorbenen, erklärte er feierlich. Sie versprach, darüber nachzudenken. Erst am nächsten Morgen kam sie auf die Idee, die Steine könnten wertvoll sein. Sie fuhr nach Hause, sammelte eine Tüte voll Steine ein und zeigte sie in der Universität vor. Ideeller Wert, sagte der Geologe. Sie gab dem Steinhändler die Erlaubnis, und der war erfreut, schon am folgenden Samstag gingen sie durch Vaters Wohnung und sammelten Steine und Schachteln ein und luden sie in das Auto des Händlers. Eine Stunde später rief der Händler wieder an und bat um einen Besuch in seinem Laden. Sie ging hin. Er führte sie ins Hinterzimmer, bot ihr einen Platz an und fragte, ob sie bei ihrem Vater einen kleinen, hellgrünen Stein gesehen hatte. Der war radioaktiv. Er hatte ihn vor Jahren an ihren Vater verkauft. Man musste ihn in einer Bleidose aufbewahren. Er durfte nicht in falsche Hände geraten, vor allem nicht in Kinderhände. Das würde auch den Laden in Schwierigkeiten bringen. Sie hörte seine Worte, fingerte an ihren Blusenknöpfen und schwitzte. Sie konnte nicht sitzen bleiben. Sie stand auf und ging. Draußen auf der Straße bekam sie den Verschluss der Halskette nicht auf, ihre Finger zitterten, sie musste die Kette herunterreißen, und sie zog den grünen Schmuckstein unter ihrer Bluse hervor und ließ ihn vor ihren Augen baumeln. Sie hatte ihn zwei Jahre zuvor von ihrem Vater geschenkt bekommen.

»Nein, verdammt«, unterbrach Eero.

Tuula kauert sich in einer Ecke des Bettes zusammen und rafft die Decke um sich. Sie erzählt, sie sei eine Woche lang wie tot gewesen. Sie war tot. Sie lag im Bett und fragte sich, warum ihr Vater sie umbringen wollte. Sie legte den Stein in eine alte Keksdose aus Blech im obersten Fach des Kleiderschranks. Seine Bosheit schien zu pulsieren und sie auch von dort aus zu erreichen. In der nächsten Woche stand sie auf und ließ den Stein untersuchen. Sie weiß immer noch nicht, was es war. Er strahlte nicht. Kein bisschen. Es war ein gewöhnlicher Schmuckstein. Sie warf ihn weg. Sie wollte nichts mehr von ihm wissen. Sie wollte nichts über Steine wissen. Sie wollte nicht wissen, warum Steine verkauft wurden und warum andere sie kauften. Sie wollte keine Steine sehen und auf der Straße nicht auf sie treten und nicht daran denken, dass die Welt voll von ihnen war, überall. Sie wollte von niemandem und nichts etwas. An einigen stillen Abenden dachte sie, der Vater und der Händler hätten den Vorfall für sie zur Lehre arrangiert, aber ihr fiel nicht ein, worin diese Lehre hätte bestehen sollen, also verwarf sie den Gedanken. Viel später, irgendwann im Frühling, fand sie es bereits faszinierend zu denken, dass sie, ohne es zu wissen, ein so großes Übel unter ihrer Bluse auf der

Haut getragen hatte. Das befreite und entspannte sie irgendwie. Es ermutigte. Als hätte sie etwas so Gefährliches erlebt, dass sie sich um Kleinigkeiten nicht mehr zu kümmern brauchte. Ihre Welt war komplett. Sie hatte darin vor nichts mehr Angst. Nicht einmal vor hochgelegenen Orten. Nicht einmal vorm Fliegen, wovor sie immer Angst gehabt hatte. Sie unternahm eine Wochenendreise nach Paris und hatte das Gefühl, eine himmlische Versicherung würde sie beschützen. Lange dauerte das Glück nicht an, schon auf dem Rückflug war schlechtes Wetter, sie zitterte und bereute ihren Stolz und verstand, dass die Flugzeuge auch nicht besser in der Luft blieben, wenn sie keine Angst hatte.

Anita kommt herein. Sie setzt sich an den Tisch und befingert lange die gestreifte Tischdecke. Die Beleuchtung in diesem Teil des Raumes wirkt erbärmlich, als wäre er außer Betrieb genommen. Anita breitet die Hände auf dem Tisch aus. Tuula steht auf, um sie zu trösten, hält sie fest in der Umarmung und betrachtet über ihre Schulter hinweg den Raum und Harri. In ihrem Blick ist kein Tadel zu sehen. Harri erkennt überhaupt keine Botschaft darin. Sehr lange traut er sich nicht, ihm zu begegnen.

19.

Bereits nach der ersten Kurve fängt Eero an zu lachen: »Wir sind wie die Deutschen, stecken alles an und ziehen uns dann zurück.«

Sie fahren einen Sandweg entlang und rätseln über

die Richtung. Die Sommernacht wird heller, enthüllt Wegränder und Nadelbäume und die einzelnen Nadeln daran. Die Welt sieht nackt und unberührt aus. Sie haben sich verabschiedet, Sündenvergebung eingeholt und die Frauen dazu gebracht, zu sagen, der Brand sei niemandes Schuld gewesen. Sie haben Telefonnummern ausgetauscht, stumm am Auto gelehnt und versprochen, sich mal zu treffen, und dazu ernst genickt, im Gesicht einen anderen, den wirklichen Gedanken.

Auf der großen Straße schlägt ihnen eine Nebelwand entgegen. Sie fahren hinein. Von der Außenwelt sind sieben Meter zu sehen, die raue Oberfläche der Straße. Die Landschaft ist ein weißer Saal. Schließlich sieht man darin nur sich selbst, das schwarze Lenkrad und die eigenen Hände.

Am anderen Rand des Nebels tropft es. Man begreift wieder die alltägliche Geschwindigkeit des Autos, sieht diese Welt, das Bestehende. Es kommt Harri bekannt vor. Er weiß, dass er hier schon einmal war. Er fühlt sich erfahren. Das Leben lässt ihn nicht auffahren wie einen, der erwacht und von nichts etwas weiß; er darf den Morgen durch eine Geheimtür betreten. Er spürt, dass er der ist, der er ist, weil alles so ist, wie es sein soll. Das Licht des frühen Morgens nimmt ihm die Beichte ab. Über den Feldern liegt dünner Dunst. Kurz darauf weiß Harri nicht, ob er laut gesungen hat.

Sie kommen in ein Dorf. Auf dessen stiller Straße hat Harri das Gefühl, kleiner zu werden. Er wünscht sich für diese frühmorgendliche Fahrt eine Unterbrechung in letzter Minute, eine Alkoholkontrolle, bei der er eine blanke Null blasen und dem Wachtmeister zunicken könnte, um als Antwort einen billigenden Blick zu erhalten. Er fährt durch das menschenleere Dorf. Auch Eero wacht auf, sagt, wenn sie jetzt den Motor und die Lichter ausmachen und im Leerlauf auf den Campingplatz rollen und in ihre Zelte schleichen, erfährt niemand, dass sie existieren; sie können in Ruhe darüber nachdenken, was sie getan haben, und zwölf Stunden später herauskommen und vorsichtig zum Essen ins Restaurant gehen und guten Tag sagen, falls Frauen im Saal sind, und die Frauen dürfen zu ihnen sagen, dass man sich nicht an ihren Tisch setzen darf, und er verspricht, das zu verstehen, und verneigt sich demütig und bittet um Verzeihung für die verursachte Störung.

Auf dem Campingplatz angekommen, weiß Harri, dass er bloß noch ein fremder Mann ist. Der Nacken tut ihm weh. Als sie aus dem Wagen steigen, bläst ein Morgenwind. Es ist zwanzig vor vier Uhr.

Unter dem Dach des Grillplatzes wird noch gejohlt. Das lockt die Männer an, ohne ein Wort setzen sie sich zu den Leuten und starren auf das rostige Grillgitter und die glühende Kohle darunter. Harri hat Angst, das Feuer könne aufflammen, sich von der Feuerstelle losreißen und die Wiese und die Zelte zu einer einzigen großen Fackel entfachen, die alles zerstört. Junge Frauen singen dicht an seinen Ohren. Als er das hört, kann er den Blick von der Glut lösen. Er hat das Gefühl, aus einem Katastrophengebiet zurückgekehrt zu sein. Neben ihm sitzen Menschen, sie sehen unterschiedlich aus. Der Horizont und der Himmel hinter ihnen scheinen ganz bei sich zu sein. Die Wolken werden zart von unten angestrahlt. Schon ist überall Licht, aber so spärlich, dass man nirgendwo darauf deuten kann.

Eine große finnische Frau und ein kleiner italienischer Mann kommen Arm in Arm näher. Die Frauen erkennen den Mann schon von weitem, zeigen auf ihn und erzählen sich gegenseitig, wer er ist. Das Paar küsst sich. Unter dem Dach holt der Italiener einen Käse aus seiner Umhängetasche. Er wird auf dem Rost gebraten. Die Frauen bitten den Mann, zu singen. Er tut so, als hörte er nicht, was sie sagen. Als keine mehr darum bittet, brummt er eine Strophe von »Volare«. Den Beifall widmet er seiner Frau, und er küsst sie und lobt ihren guten Geschmack. Die Frau schaut den Mann mit brennenden Augen an und verkündet dann allen, bald zu Vittorio nach Sicilia zu reisen.

»Sicilia!«, ruft Vittorio aus und preist die Sprachbegabung seiner Frau. Die Frau wird ernst. Sie müssen in zwei Stunden im Flugzeug sitzen und bis dahin für die Anstrengungen der Reise Kräfte sammeln; sie führt Vittorio jetzt zum Ausruhen.

Die Versammlung unter dem Dach wird leise, verfolgt den Weg des Paares über den Campingplatz, ganz natürlich drückt Vittorio die Hinterbacke der Frau mit seiner Hand.

»Und jedem Anfang wohnt ein Zauber inne«, sagt Eero schließlich leise.

Das wirkt auf alle, auch auf Harri. Er kippt nach vorne, rutscht von der Bank auf den Betonboden und lacht. Dort bleibt er in einer merkwürdigen Haltung liegen. Als er meint, der Anfall sei vorbei und er könne aufstehen und in Eeros ernstes Gesicht blicken, fängt er erneut an, unbändig zu lachen.

20.

Nach halb fünf glaubt Harri nicht mehr daran, noch müde zu werden. Daran merkt er, dass er müde ist. Eero ist nicht bereit, zu den Zelten zu gehen; er starrt erschöpft vor sich hin und sagt, er halte den Schläger ruhig auf dem Eis, weil jetzt das Spiel entschieden werde.

Harri geht über den stillen Campingplatz. Die Zelte sehen unbewohnt aus. Vor einem Wohnwagen sitzen Leute. Ihnen möchte sich Harri nähern, er möchte sich zu ihnen gesellen und etwas sagen, aber auf ihrer Höhe schämt er sich so über seine Absicht, dass er eine völlig andere Miene aufsetzt, die Miene eines frohgemuten, betrunkenen Menschen, die diesen seltsamen Spaziergang legitimiert und bezeugt, dass von ihm keine Gefahr ausgeht. Er geht dicht an dem Wohnwagen vorbei und setzt seinen Weg fort, ohne einen Blick zu riskieren.

Im Schlafsack gelingt es Harri nicht, sein Zittern zu beherrschen. Im Traum brausen Regengüsse und Flammen durch das Zelt.

Am Morgen wird die Sonne zwanzig Zentimeter über Harris Gesicht durch den dicken Stoff gesiebt. An den Brand denkt er zwei Sekunden später. Im Lauf des Morgens denkt er oft daran. Er liegt reglos da und beobachtet seine Gedanken. Die Einzelheiten des Abends und der Nacht tun im Innersten weh und kündigen Gefahren an: Krankheit, Tod und Rache. Die Bedrohungen entsetzen Harri dermaßen, dass er sich schon wieder erleichtert fühlt: Endlich kann er seine zwanghaften Bemühungen loslassen und sich wieder in seine Ängste plumpsen lassen und beängstigender Angst haben, als jemals jemand Angst gehabt hat, erbärmlicher zittern, als jemals jemand gezittert hat, aufgeben und schwach sein.

Irgendwo am Rand der Angst nimmt Harri ein anderes Gefühl wahr, eine ausgeglichene und schlüssige Makellosigkeit. Er zwingt sich, zu denken, nichts Falsches getan zu haben, dass der Brand kein Symbol der Zerstörung ist und er selbst nicht das Ziel einer Rache, sondern einfach ein unversehrter, ganzer Mensch. Er zwingt sich zu der Erinnerung, dass seine Ängste Bilder aus einer anderen Welt sind.

Als Harri den Reißverschluss am Zelteingang aufmacht, hat er das Gefühl, geboren zu werden. Die Vögel singen mit den Autoradios um die Wette. Auf der Wiese neben Eeros Zelt liegt ein Schlafsack, über einer Zeltschnur hängt Eeros schwarzer Anzug. In zwanzig Meter Entfernung guckt eine 50-jährige Frau aus dem Fenster eines Wohnmobils. Hinter ihrem zerzausten Kopf erscheint Eeros fröhliches Gesicht. Eero erhebt die Kaffeetasse zum Gruß. Mit seinem Gesichtsausdruck lobt er den Kaffee.

21.

Sie liegen auf einer Wolldecke vor dem Wohnmobil. Eero streichelt die Waden der Frau. Die Frau erzählt, Eero habe sie den ganzen Morgen gestreichelt und dabei Lyrik aufgesagt, zweieinhalb Stunden lang, ununterbrochen. Sie hat auf die Uhr geschaut und die süßesten Sätze in ein Heft eingetragen, damit sie sie lesen kann, wenn Eero nüchtern wird. Während die Frau spricht, ist es Harri angenehm, ihre Augen und ihr Lächeln anzuschauen, die ungefährlich aussehende Frau im Alter seiner Mutter.

Für Eero ist es klar, dass er in den Morgenstunden empfindsam gewesen und geschwebt ist wie ein Schmetterling: Er ist einer Orchidee begegnet, einer selbständigen, erwachsenen Frau, und er weiß, wie selten die sind, er hat so lange danach gesucht, ist durch die Prärie geprescht, aus Pflichtbewusstsein über staubiges Gelände gerannt und hat mit geschwollenen Brustmuskeln gekämpft, was ihm nichts gebracht hat. Jetzt hat er endlich verstanden, wie er leben muss. Er hat verstanden, dass der Mensch, den er sucht, nicht kommt, um dem glorreichen Krieger Fragen zu stellen; wenn diese Person ein Anliegen hat, dann wendet sie sich an Indianerhäuptling Bullshit, der in seinem Tipi sitzt und die Konstellation der Wolken beschnuppert. Ein solcher Häuptling ist er nun.

Als die Frau lacht, erinnert Eero daran, dass die Rolle des Häuptlings keineswegs leicht in Angriff zu nehmen ist. Er besitzt schon lange die Seele eines Häuptlings, aber er hat Angst davor gehabt, aus alter Gewohnheit hat er sich in die Gesellschaft junger Frauen gedrängt und dort unter seiner Niedergeschlagenheit gekauert und die Welt betrachtet wie ein Werk seiner Hände, das angefangen hat, sein eigenes Leben zu leben. Er hat wohl Angst davor gehabt, wenn er abgeklärter werden würde, könne es ihm ergehen wie allen anderen: Er würde ermüden und mit seiner Frau

Minikreuzfahrten auf der Ostsee unternehmen und sich für einen Gutschein einen Drink holen, zu dem es einen Blumenkranz aus Plastik gibt, der die Freude markiert, und mit dem bunten Gehänge um den Hals würde er dann mit einem Paar aus der Nachbargemeinde im Tax-free-Shop Petting praktizieren, also vor dem Weinregal die Schultern aneinander reiben und den einzigen Trost im Herzen spüren, am Abend wieder in seinem eigenen Bett zu liegen. Er hat wohl Angst gehabt, er könne sich mit zu wenig zufrieden geben, das Ladekabel in die Dose stecken und so bleiben. Aber damit würde er sich noch nicht abfinden. Er will im Sommer zum Volksmusikfestival fahren und die Selbstkontrolle daheim bei seiner Frau lassen und kommen und gehen – und das alles hübsch und fein wie ein Häuptling.

Das Licht und die Schatten der leicht bewölkten Witterung wogen auf dem zarten Flor des Getreides – auf der Wolldecke des Lebens, so kommt es Harri vor. Mit dem Fuß kann er den Rand der Welt streifen, das kühle Gras. Er kann den Stoff aus der Nähe betrachten und aufblicken und sehen, wie die letzte Nacht die Umgebung gereinigt hat, wie sie aufgerichtet und belebt, allen Stärke verliehen hat, verlorene Kleidungsstücke zurückgebracht und geglättet hat. Der ganze Campingplatz leuchtet, als hätte der Abend zuvor keinem etwas abgenommen.

Harri hat Lust, Eero vorsichtig an die Sauna zu erinnern, ihn zu bitten, sich ihre Gestalt in der Helligkeit des Tages vorzustellen, wie hübsch und fein sie war und wie abgeklärt daneben Eeros und Harris Häuptlingshaftigkeit.

Eero dankt ihm, das Thema angesprochen zu haben. Er gibt zu, dass sie eventuell die Sauna in Brand gesetzt haben, aber jetzt möchte er – nur um mal ein anschauliches Beispiel zu nehmen – seinen Blick vor allem darauf richten, dass sie sie gelöscht haben. Er versteht nicht, warum man in jeden Abgrund »hu hu« hineinrufen muss, warum stehen bleiben, warum seine Freude weggeben und die Traurigkeit nehmen. Er geht davon aus, dass ein solches Leben schwer ist. Wenn man mit wehenden Rockschößen geht, können Vasen umfallen; das Leben ist ein langes Palaver, und sie beide haben dort immerhin einen Brand gelöscht. Er glaubt, aus der Asche jener Ruine werde noch ein Diamant zum Vorschein kommen: Er und Harri haben bisher ein so gewöhnliches Leben gelebt, dass es sich hier nun um den ersten Fall handelt, bei dem Philosophieren nicht hilft. Eine solche Erfahrung ist von allen Erfahrungen die kostbarste. Man sollte gerührt sein. Sie ruft in ihm den Künstler hervor, er will sie vertonen oder eine Sonate daraus machen.

Eero steht auf, geht ins Zelt und rollt sich kurz darauf mit einer Flasche Lakritzschnaps in der Hand wieder auf die Wolldecke. Er hält die Flasche wie einen Joghurtbecher, wie etwas, das zum Morgen gehört und keine größere Bedeutung besitzt. Er vermutet, das Motiv des Saunabrandes ließe sich auch filmisch verwenden, und wenn er das Ganze mal ein bisschen weiter entwickeln darf, dann sieht er auch schon den Titel vor sich: DER EROS DES NORDENS. Er beschreibt, wie wohnwagengroße Buchstaben auf der Leinwand einschlagen, wie hinter der Schrift die ostbottnische Nacht aufsteigt, oder seinetwegen die tiefschwarze Nacht

Lapplands, so etwas kommt im Ausland an. Das fünf Sekunden, dann erheben sich die Stimmen der Geigen, und Scheinwerfer zerreißen die Finsternis. Die Kamera schwenkt rasch nach unten, Feuerwehrautos rollen auf ein Grundstück, Kerle zerren Schläuche herbei, Kriminalpolizisten steigen aus Autos, und es brummt und dröhnt in Dolbystereo in den Eingeweiden. Ein starker Anfang, seufzt Eero. Dann rennt ein Mann durch den Schnee wie ein Rentier, die Schnauze dampft, und der nackte Oberkörper glänzt. Er hat lange Unterhosen an und darin einen unübersehbaren Halbständer: Die ganze untere Hälfte zuckt noch. Der Reflex ist noch wach. Er kommt von der Frau, auf der er gerade gelegen hat. Aber das wird nicht gezeigt, betont Eero, das geht ins Unterbewusstsein des Zuschauers ein. Das ist der sensible Moment der Geschichte, der Kontrapunkt, der bunte Schmetterling im Fichtenzaun des Friedhofs. Und dieser Kerl löscht alleine das Kulturhaus, mit bloßen Händen. Nimmt noch die langbeinige Intendantin unter den Arm und trägt sie in die Wildnis. Dort verschwinden sie in der Dunkelheit. Als Letztes erkennt man schwach, wie die weißen Unterhosen des Kameraden fern in der Nacht aufblitzen. Das ist eine Anspielung, droht Eero mit dem Finger, sie kennen das Kuckucksnest. Über die Dialoge will er sich noch Gedanken machen, ansonsten hat er das Ganze im Kopf. Nur einen Monat nach Lappland, dann ist es fertig, sagt Eero, nur noch studieren, wie ein Rentier rennt.

22.

Die Wolken flimmern am Himmel wie eine ferne Wasserfläche. Harri schließt die Augen. Er öffnet sie wieder, und es kommt ihm vor, als wären die Wolken schon wieder andere. Ihm ist leicht zu Mute, so leicht, dass er sich über die Schwere wundert, über die Zeit, in der seine Tage voll waren von Sorge und Zweifel, vom Aufwachen bis spät in die Nacht. Wenn sie vom alltäglichen Tun einmal kurz unterbrochen wurde, entsetzte ihn das nur, dann hatte er das Gefühl, die Zeit, die ihm gegeben war, vergeudet zu haben, am Leben vorbeigeirrt zu sein, die Wachsamkeit verloren zu haben, die allein Sicherheit garantierte.

Harri richtet sich auf, um seinen Gedanken zu erforschen, die Welt durch die neue Leichtigkeit hindurch zu betrachten: Haben alle anderen sich die ganze Zeit so gefühlt? Er muss von der Decke aufstehen, Eero zurücklassen und losziehen, zum Flussufer hinuntergehen. Er stößt durch den dichten Pflanzenbestand der Uferböschung und sieht den Menschen zu, die unten im ruhigen Wasser vor der Flussbiegung schwimmen. Er betrachtet ihre Spuren, die Druckstellen im feuchten Sand, die hilflosen Zeichen von Fersen und Zehen, neu geboren. Er starrt sie an und sieht in ihnen eine Verbindung zu den anderen, auch zu der Garstigen, zu der, vor der er sich hütete, zu der, die sagte, sie liebe ihn. Er sitzt auf einem Uferstein und sieht in den Fußspuren die Menschen – keine Mienen, keine Haltungen, keine erhobene Hand, keinen Totenschädel in der Ferse – bloß die nackten Menschen und ihre Spuren, wie zurückgegebene Bücher im Regal der Bibliothek, wie die Postkarten auf dem Schreibtisch seiner Jugend vor langer Zeit, als er auf all das hier noch wartete.

23.

Eero liegt vor seinem Zelt im Gras und bläst in eine Tonpfeife. Sie ist ein Souvenir von der Frau, sie klingt säuselnd und melancholisch. Als Harri nach den Ereignissen des Morgens fragt, wundert sich Eero über die Härte der Frauen. Er hat lernen müssen, dass Frauen ein Gespür für Dramatik haben, Frauen verstehen, dass die Spannung nicht in der Reaktion liegt, sondern in der Erektion, dass nicht der Ausbruch von Bedeutung ist, sondern die Aufladung, dass nicht die Situation wichtig ist, sondern die Erinnerung. Frauen wissen, die Schläge sind nichts, vielmehr liegt alles im Gesichtsausdruck des Kerls, wenn sein Blick ankündigt, jetzt pack ich sie mir, verdammt. Sie haben nicht miteinander geschlafen, sie haben Kaffee getrunken. Aber gut, fällt Eero ein, so kann er nach Hause kommen, ohne sich überlegen zu müssen, in welche Kneipe er sich flüchtet. Auch das ist eine große Sache. Er hat bewiesen, dass es sie noch gibt, die echten Männer, die für ihre Familie sorgen und Gedichte lesen und sich trauen, zu weinen – gut, dass er der Frau eine so schöne Erinnerung an das männliche Geschlecht hinterlassen darf. Sie hätte ihn auch gar nicht rangelassen, erinnert sich Eero wieder, aber trotzdem schön, sich hart und eisig zu geben wie Clint Eastwood, jetzt, da die Situation vorüber ist.

Außerdem, verteidigt sich Eero, hat ihn etwas an der Frau bewegt und irritiert. Ihre Empfänglichkeit, dass sie sagte, glücklich zu sein, wenn man mit ihr redete. So etwas macht einen Mann argwöhnisch. Und dass sie von ihrem Mann erzählt hat, dass der so eine Ausflugsnatur war, der sich daheim wohl fühlt und morgens am Hals der Frau weint. Dass er sich fürchterliche Einzelheiten über die seltsamen Gepflogenheiten eines fremden Paares anhören musste, über Sommerausflüge alleine, im biennalen Rhythmus, und dass er kapierte, selbst ein Erlebnis auf einem solchen Ausflug darzustellen.

Der Wind trägt Geigentöne vom Festgelände herüber. Harri hat Lust, Eero zu umarmen, ihn zu fragen, ob er Prügel will, oder ihn zu einem Fußballspiel herauszufordern, seinen Kater gnadenlos auszunutzen: 10-0. Er hat Lust, aufs Fest zu gehen und beim Volkstanz mitzumachen, mit den Händen in den Hüften über das glatte Parkett zu sausen, als wäre nach vielen Tagen das Fieber gesunken. Er hat Lust, hier zu bleiben, das Glück und die Traurigkeit in Stücke zu schlagen und im Klang jener fernen Violinen zu leben, die Zelte wie ein Spiel um sich, mit Mumins und Giraffen verzierte Apachenquartiere, in denen niemand intrigiert oder Böses ausbrütet. Er hat Lust, zu allem ja zu sagen und alles anzunehmen, mittags im Zelt zu liegen, im betörenden Geruch des heißen Stoffes, mit Erdhubbeln unter dem Rücken. Dort hätte er ein Nest.

Auch Eero findet, es sei besser, hier zu bleiben, er weist darauf hin, dass sie noch keine Musikanten erlebt haben. Sie könnten spät in der Nacht losfahren, aber die Arbeit am Montag schafft er nur, wenn er gesehen und gehört hat, wie der ewige Schuh des Potpourris auf den alterslosen Bohlen den Takt klopft. Das Geräusch will er in den Falten seines Gehirns speichern. Vorher ist ihm nicht nach Aufbruch, nicht bevor die Welt nach dem keuchenden Triller der zweireihigen Ziehharmonika klingt, nicht bevor der Abend violett wird und die Geige verstummt. Erst dann darf man gehen, sagt Eero, erst wenn man vergessen hat, woher man gekommen ist. Erst wenn sie das Gefühl haben, schon immer hier gewesen zu sein, so wie man am zweiten Tag, nachdem man das Rauchen aufgehört hat, das Gefühl hat, im Leben nichts anderes getan als Zigaretten geraucht zu haben.

24.

Die Pfützen des nächtlichen Regens sprenkeln noch den Sandweg, sie gleichen kleinen Wasserfarbtiegeln. Die Luft ist weich, Harri fühlt sich übermächtig, als hätte er lange gelogen und sich jetzt aus der Patsche gezogen. Er sieht die Menschen genau und schaut sie ohne Scheu an. Er hört Bruchstücke dessen, was sie reden, begreift komplette Situationen: Wie kein Eis gekauft worden ist, und der Junge jetzt fünf Meter hinterherstapft und unter den Brauen hervorschielt und dem Zufall einen kleinen Raum reserviert, einem anderen Kiosk, wo es billiger wäre.

Die Häuser sind lang und aus Holz wie alte Musikinstrumente. Zwischen ihnen öffnet sich ein leeres Grundstück, ein Streifen Brachacker. In dessen Mitte steht das Andachtszelt. Eine rothaarige junge Frau hält am Wegrand Wache und hält den unwilligen Passanten Zettel hin. Eero bleibt sofort stehen, spricht das Mädchen an, weil es schön ist, und zieht Harri mit. Sie lassen das Mädchen reden, nicken und folgen ihr artig, treten gebeugt durch den Zelteingang und setzen sich auf eine Bank.

Drinnen sind Leute, dunkle Rücken im schimmernd weißen Licht des Zeltstoffes. Aus allen Richtungen fluten Töne heran, aus Lautsprechern, die auf Ständern stehen und von einem Ende des Zeltes; Harri braucht einen Moment, bis er begreift, dass es sich um die Worte eines einzigen Menschen handelt. Er bemerkt den Mann sofort, als der kurz schweigt und nur dasteht und über die Bankreihen hinweg auf die Zuhörer blickt. Der Mann dankt Gott mit großer Stimme, dass sie an den richtigen Ort gefunden haben; im Gegensatz zu den vielen anderen, die sich auch heute verirrt haben, mitten am Sonntag. Er hat das selbst am Eingang zum Festival beobachten müssen. Dort hat er gesehen, wie das Volk dem Lärm der Musik entgegengeströmt ist, und dort tat sich ihm ein bemerkenswerter Anblick auf, ein frommes Weib, das sich traute, gegen den blinden Strom zu gehen. Ob diese Frau womöglich auf dem Weg hierher war, um das Wort Gottes zu hören, das weiß der Mann nicht. Aber jene Unglücklichen bat diese Alte nur um die Uhrzeit, und da entgegnete ihr einer: »Elf Uhr fünfzig.« Und er musste mit ansehen, wie dieses fromme Weib ihren Weg fortsetzte, und hören, wie sie bei sich murmelte: »Fünfzig, sechzig.« Liebe Freunde, ruft der Mann aus, sollte denn auch ihre Zeit eine so gottlose Hetze sein, dass sie über ihre eigenen

Füße stolpern und dann in den Bretterspalten des Lebens hängen bleiben musste? Fünfzig, sechzig, liebe Freunde! Das ist die Zeitrechnung draußen auf dem Festivalgelände. Wie aber lautet die Zeitrechnung Gottes? Mit ihr misst man nicht, wann der nächste Bus geht. Es ist die Zeit der Ewigkeit, und wer sich diese Zeit zu eigen macht, darf erkennen, wie die Hetze aufhört. Er ist schon am Ziel! Ihn plagen nicht die Sorgen dieser Zeit, denn er trägt sich bereits in höchsten Höhen mit den Gedanken an den Ruf der Ewigkeit!

Eero klatscht. Das bringt Harri ungewollt zum Lachen. Der Redner reckt sich hinter seinem Mikrofon in Richtung der Störung. Er erhebt die Stimme und verkündet, die Nähe Gottes auch heute und in diesem Zelt zu spüren. Er teilt mit, genau jetzt eine Botschaft von Gott zu erhalten.

Der Mann zieht sich in einen Winkel des Zeltes zurück und nickt dort konzentriert.

Harri guckt sich verdutzt um. Die Leute sitzen auf den Bänken und blicken ernst vor sich hin. Der Mann im Anzug hebt den Kopf und teilt die Botschaft mit, die er empfangen hat: »Unter uns ist einer, der den guten Geist nicht in sein Leben kommen lässt.«

Harri erstarrt, er erschrickt dermaßen, dass er sich nicht zu rühren traut und sich auf diese Weise verrät. Eero stellt fest, damit müsse er, Eero, gemeint sein, denn er sei ja derjenige. Der Redner tritt zwischen die Bankreihen und plappert pausenlos, fleht Gott an, seine Schritte zu lenken und ihm die Fähigkeit zu verleihen, die Kräfte des Bösen aus diesem Unglücklichen zu vertreiben. Er erreicht das Ende der Reihe, geht vorbei, zögert und dreht sich um. Er steht hinter Harris

Rücken. Er legt die Hand auf Harris Kopf. Das tut weh, Harri kommt es vor, als hätte der Mann auf die empfindlichste Stelle seines Körpers geschlagen. Das lässt in ihm eine rasende Wut aufschäumen, deren Heftigkeit ihn verblüfft. Er hat Lust, dem Mann die Hand zu brechen, die Knochen zu zersplittern, das Fleisch zu verschlingen und sich dann die Fasern zwischen den Zähnen herauszureißen. Es genügt, dass er sich umdreht, die Hand des Mannes ergreift und wegnimmt wie einen überflüssigen Gegenstand.

Draußen eilt ihnen die Rothaarige hinterher und bittet sie wieder ins Zelt zurück. Eero ist begeistert, sagt, er habe gerade dasselbe vorschlagen wollen, sie seien sich ja sympathisch, aber möchte das Fräulein jetzt nicht zu einem Gegenbesuch in seinem Zelt mitkommen? Er sagt, er sähe in ihr viel Gutes und Zartes und Frommes, das sich unter gnadenreicheren Umständen gewiss herausschälen würde.

»Der Satan ist noch immer bei Kräften«, schreit die Frau aus hundert Metern Entfernung mit zerzaustem Haar.

»Das ist auch keine Art, guten Tag zu sagen«, brummt Eero.

Auf einer Bank auf dem Festgelände kann Harri schon wieder klar sehen, was er vor sich hat. Sein Atem beruhigt sich, und er massiert sich den Kopf mit beiden Händen. Er reibt und kratzt ihn und taxiert vorsichtig, ob in seiner Seele ein böser Geist wohnt und wie er sich ihm gegenüber verhalten sollte. Behutsam erforscht er die Umgebung. Niemand scheint ihn anzustarren, niemand den Teufel in ihm zu sehen.

Auf der Bühne wird gespielt. Die Musik schlägt Wellen und wogt um Harri herum, die sanften Töne von Akkordeon und Geigen. Er bemüht sich, auf der Bank wieder ins Gleichgewicht zu kommen, streichelt das Holz mit der Handfläche und studiert die grauen, rissigen Fasern der Planke; wie wenn man an einem stillen Sommerabend hoch auf eine Fichte klettert, den heimatlichen Hof weit unter sich sieht und ganz nah die Spitze des Telegrafenmastes und dessen trockenes Holz und darauf einen winzigen Stein, man hat das Gefühl, ein großes Geheimnis zu sehen, in dessen Schutz man herunterkommen kann.

25.

Die Zelte werden abgebaut. Sie haben den Musikanten zugehört und gegessen, Eero hat seinen Bruder angerufen und vereinbart, auf der Rückfahrt einen Abstecher zu machen, und Harri hat das ungeduldig mit angehört. Jetzt rollt er sein Zelt mit stillen und sorgfältigen Bewegungen zusammen, bürstet sogar das niedergedrückte Gras und verwischt so seine Spuren und sichert sich ab. Als er den Wagen vom Campingplatz fährt, ihn auf die Landstraße bekommt und in Fahrt und es drei Uhr am Sonntagnachmittag ist und sie diesen Sprengel hinter sich lassen, hat Harri das Gefühl, zu schweben. Die Sträucher am Straßenrand gehören niemandem.

Eeros Bruder ist ein schrecklich hässlicher Mann, sein Ferienhäuschen schön. Harri sitzt auf der Veranda und schaut auf seine Füße: Er hat auf dieser Reise auf so vielen Bänken gesessen, dass es schon egal ist, wo er sich befindet, warum nicht hier in diesem fremden Häuschen. Eeros Bruder deckt den Bauerntisch zum Kaffee. Das Geschirr klimpert in seinen Händen. Als er kurz seine Pranken auf die Tischdecke legt, sehen sie aus wie Werkzeuge. Während er spricht, schaut er Eero an; er benimmt sich bei allem so, als wäre Harri gar nicht da. Er tut das auf eine Weise, die auf Harri freundlich wirkt. Der Bruder hält sich seit vier Wochen im Wochenendhaus auf. Er hat gegessen und geschlafen, seine Tochter hat ihn besucht, hat sauber gemacht und sich ungeschickt angestellt, wie alle nach der Scheidung, die erwachsenen kindischen Menschen.

Als Eero und der Bruder eine Flasche entkorken, kann Harri nach draußen gehen, über das Grundstück schlendern und sich im See die Hände waschen, lange dessen ruhige Oberfläche betrachten. Weit draußen auf dem See scheint das Wasser höher zu stehen. Für Harri sieht es so aus, als könne es von dort aus angeflutet kommen, über ihn hinweg.

Eero poltert mit seinem Bruder heraus. Ihre Betrunkenheit ist schwer einzuschätzen: Als Harri den Männern in die Augen sieht, glaubt er, sie fallen gleich in sich zusammen, doch als er verfolgt, wie sie mit Blinkern und Rollangeln und einem Käscher umgehen, über Fische reden und deren Zubereitung, hält er sie für erfahrene und nüchterne erwachsene Männer, die zu respektieren aller Grund besteht.

Mit dem Motorboot fahren sie auf den See hinaus und lassen sich dort treiben. Harri sitzt gelangweilt im Bug und beobachtet genau die Bewegungen der beiden anderen, die an ihm vorbeischwirrenden Blinker.

Eeros Bruder ermuntert Harri zu angeln, es wenigstens zu versuchen. Er prahlt, aus diesen Gewässern schon einmal eine große Beute herausgeholt zu haben: sechshundert Kilo. Das war ein Ereignis, aber ein Geheimnis, beteuert er und legt den Zeigefinger als Schloss vor seine Lippen und fixiert Harri schmunzelnd. Er erzählt, mit seinem Schwager beim Wochenendfischen gewesen zu sein. Nichts sei hochgekommen, nicht mal mit den Netzen. Die Stimmung lud sich auf, über jede Kleinigkeit wurde verhandelt. Sie probierten alles aus, zuletzt ruderten sie leicht angetrunken kreuz und quer, mit einem Stück Käse am Blinker. Zwei zornige Kerle saßen da in einem Boot, er am Ruder und der Schwager hinten, präsentierten sich gegenseitig die Landschaft und zogen einen Käse durch den See. Da sah er hundert Meter vom Boot entfernt etwas auf den Wellen schaukeln. Ein großer Haufen Reisig und Schilf hatte sich gelöst und war abgetrieben. Als er kurz darauf erneut hinsah, war es ein Elch. Mit dampfendem Rumpf schwamm das Tier auf das Ufer zu. Er befahl dem Schwager, eilig die Blinker einzuholen, scheuchte ihn auf und warf den Motor an. Der Schwager bemerkte den Elch und fing an zu winken, am Ärmel zu ziehen und ihn zurückzuhalten und eine strenge Miene zu machen. Er rief ihm über den Motorlärm hinweg zu, sie seien jetzt hier und nicht in Turku. Das wirkte beim Schwager. Er fuhr direkt zwischen Elch und Ufer. Der Elch wendete mit kolossaler Würde und schwamm dann mit der alten Geschwindigkeit auf die Spitze einer Halbinsel zu. Er ließ ihn näher an das Ufer heran, bevor er das Boot neben das Tier steuerte. Der Elch schnaubte und prustete. Sein Rumpf zeichnete sich unter Wasser so düster ab wie ein Grab, oben schwankte der Widerrist. Eeros Bruder bekam das Boot in die richtige Position, nahm den Anker, hob ihn mit beiden Händen über den Kopf und schlug zu. Als er ein Platschen hörte und das Ankerseil über den Bootsrand in den See laufen sah und als er in aller Ruhe seinen Lauf bis zu Ende verfolgen konnte, wusste er, dass er nicht getroffen hatte. Der Elch schwamm. Er packte den Griff des Motors und fuhr hinterher.

Eeros Bruder biegt seine Rute weit nach hinten und schleudert einen langen Wurf heraus. Die Schnur sirrt und verstummt weit weg mit dem Platschen des Blinkers. Der Bruder wirft einen selbstgewissen Blick auf Harri und fängt an zu kurbeln. Er erzählt, den Elch an jenem Nachmittag lange schwimmen gelassen zu haben. Im Bug legte der Schwager schon den Kopf auf die Knie und flehte ihn an, aufzuhören. Er war noch nie auf Elchjagd gewesen. Er sah ihn nicht als Fleisch. Er hielt ihn wohl für einen Fitnessschwimmer. Es gibt an diesen Ufern hier nicht viele Felsen, aber sie wurden gegen einen davon getrieben. Das Wasser war an der Stelle tief, nicht mal am Ufer erreichte der Elch den Boden. Das Tier röchelte und riss den Kopf herum. Er fuhr das Boot in einem Bogen vor den Elch, der mit einer schnellen Bewegung seine Hufe auf den Bootsrand warf und dort hing wie ein bettelnder Hund. Die ganze unnatürliche Kraft der Natur drängte als Geweih aus seinem Kopf. Er verdrehte die Augen, die Schnauze glänzte, und am Kinn hing ein Sack schlaffer Haut. Er stieß ein Schnauben aus wie ein rabiater Saunagänger. Seine Beine rutschten ab, und als das Tier dann ins Wasser plumpste, versuchte Eeros Bruder auf die Bewegung zu reagieren, das Schaukeln des Bootes auszugleichen und dort Halt zu suchen, wo er sich schon festhielt, nämlich am Griff des Motors. Das war ein Fehler. Die Maschine heulte auf, das Boot schoss seitlich davon und schaukelte weiter und beschleunigte das Taumeln von Eeros Bruder so, dass er erst im Wasser verstand, wie ihm geschehen war. Er strampelte und zappelte. Er hatte das Gefühl, in den dunklen Schoß einer Bestie geraten zu sein. Das Boot fuhr ganz nahe im Leerlauf im Kreis herum. Er konnte es am Bug fassen, rutschte aber ab, der Kunststoffrand war glatt unter den nassen Händen, und er schlitterte an der Flanke des Bootes entlang auf dessen Heck zu. Die Beine wurden unter das Boot gezogen und schienen weiter in diese Richtung zu wollen. Er hielt sich fest, weil ihm nichts Besseres einfiel, und schaute auf das Bootsheck und wartete darauf, dass etwas Unvermeidliches geschah, bis zu dem noch eine Menge Zeit war. Alles war leicht wie ein Traum. Innerhalb eines Augenblickes passierte eine Menge. Sein rechter Ellbogen schlug gegen das Motorgehäuse und die Brust gegen die Propellerstange, und eine Erschütterungswelle lief durch seinen Körper, die ihn überall anspannte. Der Motor erlosch. Der Propeller hatte sich in seinem Wollpullover verfangen. Irgendwo rief der Schwager nach ihm, im Boot, es war wie ein schwer verständliches Hörspiel, dessen geheime Bedeutungen er noch einmal in aller Ruhe untersuchen müsste. Sein Kinn war auf Höhe der Wasseroberfläche, der Würgegriff des Propellers wollte ihn unter Wasser drücken. Er war wie festgeschraubt. Die Bewegungen des Schwagers im Boot funkten einen Notruf in seinen Körper, der ihm wehtat. Er kam herbei, um ihm zu helfen, das Heck ruckte und drückte ihm den Kopf unter Wasser, immer tiefer. Er wollte geboren werden und durchkommen und hinausgelangen, durch den grünen Ring nach oben steigen. Und so kam es, das Heck schaukelte leicht und ließ ihn bis zu den Schultern über die Oberfläche schnellen. Er heulte und kreischte hysterisch, aber nur innerlich, laut konnte er es nicht. Er fing an, seinen Pullover vom Propeller loszureißen. Der interessierte ihn nun sehr. Der Schwager fuchtelte neben ihm im Wasser. Er schob seine Hände unter seine Achseln und drückte ihn dort. Er hätte ihn am liebsten umarmt und geküsst, wenn nicht gleich, so doch eine Stunde später am Esstisch nach dem Kognak. Unter seinen Füßen spürte er Erde. Vorsichtig riskierte er die Vermutung, das könne der Grund des Sees sein, aber er traute sich nicht, daran zu denken. Er wollte losrennen. So kommt man auf Schlick nicht weiter, man muss sich darauf so behutsam vorantasten, dass man sofort merkt, man kommt nicht weiter. Als er einen soliden gespreizten Stand auf dem Boden fand, packte er seinen Pullover mit beiden Händen und schlang ihn als Schnur um die Propellerflügel. Erst als er auf dem Rücken auf einem Uferfelsen lag, bemerkte er, dass er das Gefühl verloren hatte, und zwar an mehreren Stellen. Auf der bläulichen, gespannten Haut waren Wunden, Narben und Abschürfungen zu sehen. Er und sein Schwager befanden sich irgendwo weit weg vom Ferienhaus. Der Elch lag dreißig Meter von ihnen entfernt auf einem anderen Felsen. Sie starrten ihn an wie ihresgleichen, verlangten eine Erklärung und die Übernahme von Verantwortung. Sie waren müde, aber das war der Elch auch. Sie standen auf und gingen auf ihn zu. Die nassen

Schuhe wogen, sie froren, die Glieder mussten eines nach dem anderen bewegt werden. Der Elch war an das abfallende Felsufer gekommen und dort gestürzt. Als sie ihn erreichten, erhob er sich schwerfällig und taumelte auf drei Beinen in den See zurück. Jetzt hatten sie es eilig. Sie schoben das Boot ins Wasser und ruderten dem Elch hinterher. Man musste ihn töten, denn er litt ja. Er schwamm am Ufer entlang. Sie folgten ihm und kamen dabei am eigenen Ferienhaus vorbei. Als Eeros Bruder seinen Steg sah, sein Häuschen und sein Auto hinter den Erlen, kam ihm das alles bekannt vor, er wusste, das hatte er schon einmal gesehen. Sie stürzten an Land und hinein, rissen sich die nassen engen Kleider vom Leib, zogen sich trockene enge über, riefen die Polizei an und eilten, noch nicht ganz in den Schuhen, wieder ans Ufer. Der Schwager ruderte dem Elch hinterher. Eeros Bruder saß im Bug und keuchte. Der Elch kletterte bereits auf eine mit Weiden bestandene Insel unweit vom Ufer. Er humpelte ins Gebüsch und blieb dort stehen. Nachdem ihr Boot raschelnd ins Uferschilf vorgestoßen war, wurde es still wie nach der Schöpfung. Er hätte in der Zeit überlegen können, was geschehen war, aber er besaß dazu weder den Mut noch die Fassung. Unendlich lang saßen sie dort. Die Libellen unternahmen ihre Flüge. Er hatte das Gefühl, ihre Absichten und Gedanken und das gleichmäßige surrende Geräusch zu hören, das durch ihre Existenz entstand. Der Schwager umklammerte die Ruder und sah wie ein Mann seines Alters aus, der in die Welt gesetzt worden war, um zu trauern und zu altern. Der See begann widerzuhallen. Polizisten riefen am Ufer. Sie verlangten, den Zustand des Elches zu überprüfen, er dürfe auf keinen Fall getötet werden, bevor das Bein untersucht worden war. Er rief ihnen das Versprechen zu, ihn nicht zu töten. Die Polizisten fragten, ob der Elch verletzt war, und er fragte sie, wie sie ihn sonst eine Stunde auf der Insel festgehalten hätten. Die Polizisten schlugen vor, dem Elch ein Seil als Halfter umzubinden und ihn ans Ufer zu ziehen, damit er untersucht werden konnte. Er rief ihnen zu, er würde dem Elch ein Halfter umlegen und ihn abschleppen, wenn die Polizisten den Elch anschließend hundert Meter auf der Landstraße spazieren führen würden. Die Polizisten sprachen untereinander auf dem Steg und gingen davon. Der Elch lag in seinem Versteck auf der Seite. Er glich einem Findling, der atmete. Nach einer halben Stunde tauchten die Polizisten hinter der Halbinsel in einem Aluminiumboot auf. In dessen Schlepptau schaukelte ein Ruderboot, in dem ein Mann saß. Da kamen sie nun. Als er sie näher kommen sah, hatte er Lust, sich die Haare zu kämmen und den Mund abzuwischen und den obersten Knopf zu schließen. Und als er sie aus der Nähe sah, hatte er Lust, alle seine Vergehen zu bekennen, von diesem Tag an zurück bis zum Konfirmandenunterricht. Das hatte nichts mit dem militärischen Wesen des jüngeren Polizisten zu tun, auch nichts mit der Waffe in seinem Schoß; das hatte mit dem älteren Polizisten zu tun, der wie ein 79-Jähriger aussah. Ihm wollte er sich ergeben. Der jüngere Polizist verhinderte das, er wollte die Aufmerksamkeit auf sich gerichtet wissen, er fing an zu handeln, energisch an Land zu waten. Mit vorsichtigen Schritten drang er ins Weidengebüsch ein. Im Gestrüpp brachen Zweige, und der Gewehrlauf blieb an jedem Ast hängen. Als der Polizist stehen blieb und das Gewehr hob und zielte, wirkte das nicht real. Der Schuss war spürbar. Zu fünft zerrten sie den Elch in das Aluminiumboot. Als Eeros Bruder ihn dort ausgestreckt liegen sah, merkte er, dass er nüchtern war. Das Beuteboot lag tief im Wasser. Seine Ankunft brachte die Bewohner der anderen Ferienhäuser zusammen. Ihm schlotterten die Beine. Noch abends im Bett schlotterten sie. Er wunderte sich darüber sehr. Im Moment des Einschlafens ging er jedes Mal unter, er versank in der Tiefe und erzitterte dort, sodass er wieder aufwachte, hochkam, nach Luft schnappte und wild um sich glotzte.

»Das war eine unentschuldbare Aktion«, sagt er.

Er lässt seinen Blinker über den Bootsrand hängen und streicht damit über die Wasseroberfläche. Er sagt, er habe noch immer Alpträume von dem Vorfall. Er findet, das Bild von dem Bootspropeller an der Brust passe und genüge als Strafe, aber er kann einfach nicht begreifen, wie so ein Schädel funktioniert: Er ist einmal unter Wasser gedrückt worden, und jetzt muss er jahrelang wieder hochkommen.

Eero meint, er halte das nicht für ein schlechtes Zeichen. Er vermutet, im Leben des Bruders sei jahrelang nichts sonderlich Bedauerliches vorgefallen, wenn er sich immer noch an dieses Ereignis erinnere.

26.

Im Ferienhaus wird es spät. Harri berechnet die Fahrzeit, flüstert Eero etwas zu und klimpert mit den Autoschlüsseln. Eero will in die Sauna. Er hält das von der Balance her für notwendig: Seit dem Saunabrand kommt er sich vor wie ein Stier, der mit den Hufen scharrt, weil ihm etwas vorenthalten wurde. Vor dem Häuschen führt er vor, wie er mit den Hufen scharrt, wie sich seine Nüstern beim Ein- und Ausatmen blähen und wie sich der Hals dabei den Angriffen der Wölfe darbietet – in dieser Haltung darf er nicht bleiben.

Die Farben der untergehenden Sonne sieht man, ohne von der Saunaterrasse aus hinzuschauen. Als Harri hinschaut, scheinen sie rasch zu erlöschen. Weit in der Ferne gleitet aus dem Schatten des Waldes am gegenüberliegenden Ufer ein Boot auf den hellen See hinaus, ein langer, flacher Kahn. Der Mann im Bug kniet. Er ist als Silhouette zu sehen, wie er er das Netz ins Wasser lässt.

Die Männer gucken ihm mit dampfenden Rücken zu.

»Eine finnische Ikone«, sagt Eero schließlich. Er überlegt sich, worüber der Mann mit dem Netz jetzt in seinem Boot nachdenkt: Plant er, seine Alte umzubringen, sobald er nach Hause kommt, oder nimmt er sich vor, sie ordentlich zu bumsen. Er sagt, er selbst denke abends bei den Sportnachrichten über solche Sachen nach; er denkt, dass er sich zuerst in aller Ruhe die Ergebnisse ansieht und dann nach oben geht und seine Frau ordentlich bumst. Aber wenn die Sportschau vorbei ist, ist auch die Lust erloschen.

Eero steht auf, um sich die Beine zu vertreten. Ohne Vorwarnung und ohne den Tonfall zu wechseln, fängt er an, über die Fehlgeburt seiner Frau zu sprechen, die dritte, die ein halbes Jahr zurückliegt. Er erzählt, wie seine Frau nach der Wettervorhersage auf die Toilette ging und bei den Sportnachrichten wiederkam, und wie er schon an ihrem Gesichtsausdruck alles ahnte und sah. Einen langen Blick wechselten sie, dann ging seine Frau nach oben und heulte. Er ließ mit der Fernbedienung den Fernseher verstummen und starrte auf das lautlose Eishockeyflimmern, in dem Dinge passierten, die für ihn bekannt und zugleich unbegreiflich waren.

Eero steht mit einem Handtuch um die Hüften auf der steinernen Stufe und breitet die Arme aus. Er erzählt, wie sie noch in derselben Woche bei einem Therapeuten waren, auf Verlangen seiner Frau. Der Therapeut ermunterte sie, sich zu öffnen, zu reden, sich auszudrücken. Während er das forderte, fixierte er die ganze Zeit Eero. Das begreift er immer noch nicht. Gerade er ist doch derjenige, der sich ausdrückt. Schreit nicht geradezu jede seiner Gesten und Körperhaltungen?

Harri hat Lust, zuzustimmen, den anderen zu unterstützen, ihm zu antworten. Sogleich kommt ihm das übertrieben vor, die Wörter würden vorbeizielen und den Frieden erschüttern, den der andere um sich herum freigeräumt hat. Da Harri still ist und entspannt die Haltung ändert, hat er sofort das Gefühl, die Trauer des anderen zu bagatellisieren. Er konzentriert sich darauf, auf seinem Platz zu sein. Eeros Gesichtsausdruck weiß er nicht zu deuten. Eero ist ein erwachsener Mensch, seine Schwächen und seine Stärken sind ein und dieselbe Furche in seinem Gesicht.

27.

Sie bleiben über Nacht, schlafen im Holzgeruch des fensterlosen Gästespeichers. Die Kühle und eine unerklärliche Freude lassen Harri frösteln und veranlassen ihn, sich fest in seine Decke zu wickeln. Eero redet auf dem anderen Flügel der Dunkelheit in den langen Sätzen eines müden Mannes. Immer noch will er wissen, ob er sich denn nicht ausdrücke, entblöße er nicht geradezu seine Gefühle: Er hat gesagt, er wolle ein Kind, und das ist ein Gefühl; soll er weinen und sich auf der Erde wälzen, bis die anderen das kapieren und für wahr nehmen, auch die Familienberater? Er trauert, aber er hofft auch; er ist hierher gekommen, um zu leben und etwas zu versuchen, die Risiken hält er schon aus. Man muss Kinder machen, und wenn sie geboren werden, soll man sie in die Welt hinausschicken – ansonsten ist es genau wie als kleiner Junge, als er Flugzeuge aus Balsaholz baute und sie an die Decke hängte, wo sie verstaubten. Man hat keinen Spaß an ihnen, wenn man sie nicht fliegen lässt.

Harri ist still, mit seinem Atemrhythmus äußert er Verständnis. Langsam fasst auch er Mut, zu reden: Es fällt ihm leicht, mit den Händen als Kopfkissen dazuliegen, in die Dunkelheit hinaufzuschauen und in ihrem Schutz zu reden wie zu sich selbst. Je stiller Eero wird, umso mutiger spricht Harri. Er erzählt von alten Dingen, von Ereignissen aus seiner Kindheit, schließlich auch von der Tagesmutter und ihrem Brief. Er erzählt von dem Fall, als erzählte er eine lustige Geschichte und bereitet die Schlusspointe vor, von der er glaubt, sie werde Furore machen: »Sie bat um Verzeihung dafür, dass sie mich so oft geschlagen hat.«

Eero antwortet nicht. Das lässt Harri verstummen, ernst werden, die Stille durchbohrt zehn Jahre in ihm. Er sinkt zusammen, sieht sich zu Hause am Küchentisch den Brief lesen. Er sinkt jener lesenden Gestalt entgegen und schlüpft in sie hinein: Er sitzt in der Küche, starrt auf den Brief und liest über ein Ereignis, das ihm widerfahren ist, und er fühlt die zehn dazwischengeratenen Jahre in sich wie eine große Glut.

Aus der Dunkelheit des Speichers, ganz nahe, ertönt Eeros gedämpftes Schnarchen. Harri hört ihm lange zu und sagt dann glücklich und so leise, dass es niemand hören kann: »Man darf nicht schnarchen.«

28.

Am nächsten Morgen glüht oben in den Balkenritzen das helle Montagmorgenlicht. Eero liegt im Halbdunkel und sagt, die Morgenbesprechung habe vor einer Viertelstunde angefangen. Sein Gewissen mache ihm keine Vorwürfe, er komme nie rechtzeitig zur Arbeit, wenn morgens im Radio Junnu Vainio den »Albatros« singt, dann macht er sofort blau. Und jetzt ist das Lied in seinem Herzen gelaufen, seine Seele liegt wieder in Scherben. Aber der Morgen ist nicht dazu da, sich Sorgen zu machen, der Morgen ist dazu da, Frühstück zu bekommen. Und hier ist er gut versorgt, ihm geht es jetzt gut; würde man seinen Körper in Embryonalstellung ins Paradies bringen und neben einer Frau in den

Sand legen, würde er bestimmt instinktiv etwas tun, aber wenn man ihn nicht hinträgt, hält er das auch aus. In diesem Speicher hätte er das ganze Wochenende verbringen sollen: die Fensterluken zu und dann schön reden.

Auf dem Rückweg fährt Eero. Harri sitzt daneben und fingert an der Sonnenbrille herum, am Uhrarmband, am Telefon und am Fenster, und er ruft seine Frau an: »Alles in Ordnung, wir sind unterwegs.« Das bringt Eero zum Kichern: »Da stinkt der Mann nach Rauch und einer fremden Frau, hat seinen Aids-Test nicht abgeholt und sagt, alles in Ordnung, bussi, bussi. Jetzt hast du es drauf.«

Eero erzählt, wie er vor zwei Jahren im selben überzeugenden Stil von einer Tour zurückgekehrt ist: An der letzten Tankstelle machte er eine Pause und wusch sich das Gesicht, seifte sich die Finger ein, kämmte sich die Haare und steckte das Hemd in die Hose. Schüttelte die Jacke aus, guckte in den Spiegel und überlegte sich Einzelheiten für die Lücken in seiner Geschichte. Löschte die Anrufe im Telefon, entfernte die leere Kondompackung aus seiner Reisetasche, fuhr nach Hause und setzte sich dort an den Esstisch. Seine Frau bemerkte sofort, dass Knöpfe an seinem Hemd zersplittert waren. Auch er schaute hin, und tatsächlich, da hingen Plastiksplitter an Fäden. Sie riefen das Schwelgen und Ächzen des Wochenendes geradezu öffentlich aus, als wäre er unter eine Teermaschine geraten. Erklärungen waren nicht nötig. Er konnte die Anspannung komplett lockern, sich fallen und seine Müdigkeit sehen lassen. Er konnte sich ins Schlafzimmer zurückziehen, dort liegen und die Decke betrachten und wie eine Porzellankanne von Arabia sein, deren Splitter man mit Uhu zusammenkleben muss. Sein Zustand war irreal, wie immer nach einer Tour, wenn die Welt leise und langsam ist und erlahmt, wenn einem die Jahre kurz vorkommen und der Verstand nach einem Gebet tastet: »Danke, dass du mich so einfach hast davonkommen lassen.«

29.

Draußen vor den Autofenstern breitet sich ein sonniger Vormittag aus, die Felder und Gärten sind weitläufig und wirken brauchbar: Diese Welt ließe sich bewohnen. Harri kommt es vor, als sei er auf einer ganz anderen Straße und Reise als auf der, zu der er vor zwei Tagen aufgebrochen ist. Eero hantiert ununterbrochen mit etwas herum, sucht nach Zigaretten, zündet sich eine an, fährt unkonzentriert, lässt den Wagen an die Ränder der Fahrspur abtreiben und einen Bissen vom Randstreifen nehmen. Harri starrt nach vorne, bleibt aber stumm, es ist ihm jetzt angenehm, sich einfach mitnehmen zu lassen, sich an diese Fahrgemeinschaft zu binden, er will keine Rufe ausstoßen und dadurch die Stimmung kaputtmachen.

Am ersten Rastplatz schiebt Harri die Hand in die Brusttasche und findet ein Papierknäuel. Die Wurstscheibe in dem Papier ist grau und trocken. Eero schaut sie lange an. Harri schämt sich, gibt wirre Erklärungen über Fliegen und Verdachtsmomente ab, darüber, wie er die Wurstscheibe bei Eero zu Hause in das Papier gewickelt hat.

Eero verliert die Geduld, er scheint wütend zu werden, versteht nicht, warum man alles so kompliziert machen muss: Ist Harri beim nächsten Mal womöglich schon psychotisch und in der Nervenklinik? Dann muss er, Eero, sich wochenlang überlegen, welche Schokolade er ihm mitbringt, damit daraus nicht auch noch ein Kummer für Harri erwächst. Eine Scheibe Wurst, schnaubt Eero, warum hat Harri sie nicht auf dem Teller liegen lassen und gesagt, tut mir leid, ess' ich nicht?

Harri hat Angst vor Eeros Zorn, er verteidigt sich, redet lang in seiner Not. Und als Eero wieder antwortet, hört er die Stimme des anderen, sieht dessen Augen und denkt, dass sich der andere geduldig seine Verteidigung angehört hat, und das findet er erstaunlich.

Sie fahren auf der Landstraße weiter. Harri sitzt auf dem Beifahrersitz und registriert Gedankenschimmer und Stimmungen, aus denen er nicht schlau wird. Er merkt, dass ihn das jetzt nicht stört, dass er die Botschaften gelassen wieder in ihre Tiefen dahinschwinden lassen kann. Es stört ihn nicht, dass die Klugheit immer in hundert Metern Entfernung aufscheint und verschwindet, sobald man die Stelle erreicht hat. Ihm genügt es, in diesem blauen Auto zu sitzen, das durch diese grüne Landschaft fährt. Es genügt ihm, dass er fliegt, über alles hinweg und an allem vorbei, weit weg von der Streu des Landes. Es genügt ihm, im Hier und Jetzt zu sein. Er spürt, dass es kein Defizit gibt, das er stopfen muss, und dass es nicht auf der einen Seite die Klugheit und auf der anderen Seite die Finsternis gibt. Seine Ängste kommen ihm plötzlich wie kopfloses Gerenne vor, wie verzweifelte Versuche, Risse abzudichten, wie sie auf der Welt immer entstehen. Sie kommen ihm vor wie Angst vor der Dunkelheit, und die Dunkelheit kommt jeden Tag, und dunkel ist es dort, wo er noch nicht gewesen ist. Seine Ängste kommen ihm wie bange Hektik vor, wie der Versuch, komplette eingebildete Ereignisketten zu erfinden als Wegweiser in eine Dunkelheit, in der man keine Wegweiser braucht, die ein und dieselbe offene Landschaft ist, durch die er jetzt saust, ohne sich umzublicken.

Einen goldenen Augenblick lang scheinen seine erstickenden Phantasien erlahmt zu sein, so siech, dass sie schon sterben und verwelken, wenn man sie nur anschaut. Er kann sie umstoßen, er ist Teil der Wirklichkeit, die er früher beobachten musste. Die Kraft irritiert ihn, er verlässt sich bereits so sehr darauf, dass er sich traut, nach ihr zu tasten, überall um sich herum nach ihr zu suchen. Er schaut alles wie zum ersten Mal an, die Existenz und Wärme von allem. Er schaut Eero an, beobachtet, wie er fährt, verfolgt es wie ein Kind und sieht in ihm und in dem Wald vor den Fensterscheiben mehr Gutes als jemals an den Tag kommen kann. Er fühlt, wie sich das Auto vorwärts bewegt, und er sieht, dass dies schon andere Landschaften sind, andere Männer und andere Frauen. Und er sieht sich selbst und seine Ängste, die er geradezu bewundern könnte, als eine Leistung, als Komposition der Phantasie, die er für die Bedürfnisse seines damaligen Lebens erstellt hat.

30.

Die Felsdurchbrüche werden höher. Sie passieren Tampere und Hämeenlinna, sausen nach Süden wie auf einer langen, abfallenden Geraden. Unterwegs essen sie etwas, und als das Auto wieder auf die Landstraße biegt, vergisst Harri, was er gegessen hat. Eero ist still, er verdichtet sich, nimmt festere Gestalt an und durchläuft eine Metamorphose, die ihn passend macht für das Eckbüro in der Redaktion und die Couch im heimischen Wohnzimmer. Die glänzenden Wegweiser und Gebäude zwingen auch Harri dazu, sich aufzurichten. Es stellen sich bereits Ansichten von zu Hause in ihm ein, von Räumen und Gegenständen.

Ohne die Geschwindigkeit zu senken, fahren sie an der Abfahrt Lohja vorbei in Richtung Helsinki. Der Himmel wird unbedeutend, die Landschaft eng. Sie ist voller unbekannter Bestrebungen unbekannter Menschen: Gewerbehallen, Lagergebäude und Siedlungen. Als sie nach Helsinki hineinfahren, bleiben der Morgen und das Wochenende so weit zurück, dass der Wind sie in die Luft wirbeln und über die Felder Ostbottniens bis weit über den Bottnischen Meerbusen hinaus tragen kann. Es wird vier Uhr, sie stehen im Stau, und Harri starrt auf die staubigen Ränder der Pflastersteine. Sie sehen unberührt aus, als wären nie menschliche Füßen draufgetreten.

Beim Aussteigen vor dem Ärztezentrum rauscht die Welt. Als Harri das Geräusch bemerkt, macht es ihn verrückt, er hört ihm zu und wünscht sich eine Unterbrechung.

In die Vorhalle des Labors werden die Geräusche von fern herangetragen. In der Stille des Wartezimmers sind sie praktisch keine Geräusche mehr, sie sind kleine, geheimnisvolle Gegenstände, die klickend und knackend auf den glänzenden Fußboden fallen.

Eine Schwester kommt mit einem Kuvert in der Hand aus einem Zimmer. Sie überprüft Harris Personenangaben und fragt um die Erlaubnis, das Kuvert zu öffnen. Harri jagt die Frage einen Schreck ein, er begreift ihre Bedeutung nicht, er nickt nur still und schaut zu, wie die Schwester den Umschlag öffnet, und er schaut auf ihr Gesicht und den weißen Kittel und das Namensschild auf ihrer Brust. Das Formular ist weiß und bekannt, der Text ist bekannt, die Buchstaben am unteren Rand sind die gleichen: NEGAT. Harri versichert sich bei der Schwester, ob er gesund ist, und hat noch einmal Angst vor seiner Frage, vor der Selbstverständlichkeit, aber das Schicksal rächt sich nicht dafür: Die Schwester nickt.

Als Harri draußen das Blatt Papier zusammenfaltet und in die Tasche steckt, es dort noch fünf Sekunden festhält und erneut hervorzieht, sieht es uralt aus, wie etwas, das in einen Karton ganz hinten im Schrank gehört.

31.

Harri teilt das Ergebnis mit. Eero sieht ihn vom Fahrersitz aus unspektakulär und schweigend an.

Sie fahren still nach Westen. Am Rand der Heimatstadt, auf der Höhe des Wappens, will sich Harri bedanken, die Abschiedsworte aussprechen. Eero findet, es lohne sich nicht, an das Vergangene zurückzudenken, sie sollten lieber künftige Touren planen. Er weist darauf hin, wie seltsam regelmäßig der Lebensrhythmus sei: Zuerst ist es heiter, man liest Gedichte und sitzt in stillen Zimmern, dann kommt Wind auf, und das Gemüt entzündet sich, und dann geht man schon bald wieder so, dass einem Regen und Schneeregen und Hagelkörner ins Genick prasseln, und alles ist kaputt. So geht das nun mal, sagt Eero, so ist der Mann, er ist wie ein Winterstiefel, stark beansprucht und schlecht gepflegt. Das sieht man schon an den Kindern, ereifert er sich, die Mädchen kommen in aufrechter Haltung vom Ballett, und die Jungen rempeln sich gegenseitig im schlammigen Graben um. Aber auch das ist zu ertragen, wenn man es versteht. Und er versteht es. Er weiß, es wird sich wieder ein Wind erheben, und die Dämmerung wird dichter werden, und es wird der November anbrechen, wenn jeder Mann in seiner Seele eine Ikone trägt – die, auf der die Jungfrau Maria Jesus auf dem Arm hält – und hinter diesem Bild her durch die Welt zieht und dieselbe Haltung und Verklärung sucht. Dann heißt es wieder auf die Reise gehen, nach New York oder nach Viipuri, um in einer Barackenbar zu sitzen und zuzuschauen, wie draußen der Regen sprüht und drinnen die Kerzen brennen, zu spüren, wie alles um einen herum wieder zu wirken beginnt, die Kontraste, das Dämmerlicht von Viipuri und die schummrigen Kneipen, in denen die Frauen keine Fuck-you-Mädchen sind und wo die Männer nicht mit krummen Rücken und halb geballten Fäusten ihre Biergläser und ihre Aura schützen, sondern beieinander Wärme suchen. Eero will wissen, ob Harri schon einmal in Viipuri war, und fängt schon an, sich zu begeistern, das müsse er Harri unbedingt noch zeigen, dort gehe es einem Mann gut, dort bögen sich in den Bars die Sperrholzfußböden und durch das Fenster sähe man einen Wasserturm, den ein junger Architekt aus Moskau entworfen hat, der nach der Arbeit immer in ein Künstlerlokal gekommen ist, um eine Zigarette zu rauchen. Dort kontrolliere ein Angehöriger der Miliz ihre Papiere und blättere sie mit nikotingelben Fingern durch, die filterlose Kippe im Mund hängend, mit ihm könne man über Eishockey reden – Petrow, Charlamow – und sehen, wie seine Augen feucht werden, und sie können sich ihrerseits die Augen wischen. Dort läge Kuhmist auf der Straße. Doch, auch dort fände sich die Wolldecke des Lebens, auf der sie mit Frauen schlafen können, schön Bein an Bein wie Nurejews.

Dort fahren sie hin, verlangt Eero, oder irgendwo anders, sie fahren und kommen und sitzen wieder zu Hause in dem stillen Zimmer und nehmen eines von den Gedichtbüchern aus dem Regal, wie es sie auch bei ihm gibt, wie er sie in der Spätschicht aus einem Karton in der verlassenen Kulturredaktion kramt, und sie lesen mit Bedacht ein Gedicht oder zwei. Und sie lassen es auf sich wirken, stellen fest, dass sie zu Boden geschaut haben und dass der Blick sich jetzt langsam hebt, der Horizont ist zu sehen, und wenn er den Horizont sieht, dann weiß der Mann, dass es dorthin ein langer Weg ist.

Das Auto hat angehalten. Sie stehen vor dem Haus. Harri steigt aus. Er schaut Eeros Abfahrt zu, sieht, wie der andere wieder den Hügel hinunter zur Kreuzung fährt. Es ist ihm angenehm, das Auto zu betrachten, in dem er viele Stunden lang gesessen hat – als führe ein Teil von ihm mit dem Auto jetzt anderswo hin in dieser selben Welt und wäre dort in guter Stimmung.

32.

Der Hausflur war verlassen, der Kinderwagen fort. Zu Hause war es still und hell. An den Positionen der Möbel versuchte Harri die Laune seiner Frau abzulesen. Von seinem Aufbruch am Freitag waren keine Zeichen zu erkennen.

Seine Frau brachte das Mädchen von der Tagesbetreuung – sie erzählte ihm das gleich an der Tür wie eine freudige Nachricht. Das Kind schien über das Wochenende um viele Zentimeter und Jahre gewachsen zu sein. Für Harri sah es stark und unvergänglich aus, wie die Kinder anderer Leute.

Später am Abend, nachdem sie das Kind ins Bett gebracht hatte, klagte seine Frau über Müdigkeit und über ihren Bauch, über Übelkeit, Brechreiz. Noch in der Schlafzimmertür hielt sie inne, sagte, die Krankheit kommt, wenn sie kommen soll, und zog die Tür zu.

Harri blieb auf der Couch sitzen, er dachte an die Mahlzeit zurück, die er gerade zu sich genommen hatte, betastete seinen Bauch und wartete auf die ersten Wellen der Übelkeit. Er begriff nicht, warum ihn seine Frau so bestrafte und sich so rächen musste, warum sie diesen Zweifel in ihm säte, obwohl sie mit Sicherheit um die Wirkung wusste. Er saß lange da und wachte über sein Befinden. Er beobachtete es so lange, dass ein anderer, entfernter Gedanke in ihn einströmen konnte: Und was, wenn seine Frau Angst hatte? Wenn seine Frau bei ihm, Harri, Schutz suchte – wenn auch nur eine, von der Schlafzimmertür her ausgesprochene Vermutung lang?

Harri betrachtete das Zimmer um sich herum. Er zog sich aus und ging unter die Dusche. Er wusch sich die Haare mit dickem Schaum, und als ihm das Wasser übers Gesicht lief, bemerkte er die gespannten Falten auf seiner Stirn und einen seltsamen Druck in den Wangen und seinen ganzen unwilligen Gesichtsausdruck wie bei einem kleinen Kind, das Angst hat, Shampoo in die Augen zu bekommen.

»Skandinavien« im Suhrkamp und im Insel Verlag
Eine Auswahl

Norwegen

Ketil Bjørnstad
- Edvard Munch. Die Geschichte seines Lebens. Romanbiographie. Übersetzt von Lothar Schneider. 516 Seiten. Gebunden
- Erlings Fall. Roman. Übersetzt von Lothar Schneider. 280 Seiten. Gebunden. st 3445. 277 Seiten
- Der Tanz des Lebens. Roman. Übersetzt von Lothar Schneider. 278 Seiten. Gebunden

Tor Åge Bringsværd. Das Frühstück der Langschläferin. Ein Unterhaltungsroman auf Leben und Tod! Übersetzt von Lothar Schneider. 333 Seiten. Gebunden

Henrik Ibsen. Ein Puppenheim. Stück, Vorarbeiten, Materialien. Herausgegeben und übersetzt von Angelika Gundlach. 425 Seiten. Leinen. it 323. 176 Seiten

Geir Pollen. Hutchinson's Nachf. Roman. Übersetzt von Angelika Gundlach. 194 Seiten. Gebunden

Lars Svendsen. Kleine Philosophie der Langeweile. Übersetzt von Lothar Schneider. 190 Seiten. Gebunden

Sigrid Undset. Das glückliche Alter. Erzählung. Übersetzt von Lothar Schneider. BS 1325. 144 Seiten

NF 449/1/12.02

Finnland

Daniel Katz. Lots Töchter. Roman. Übersetzt von Gisbert Jänicke. 312 Seiten. Gebunden

Petri Tamminen. Der Eros des Nordens. Roman. Übersetzt von Stefan Moster. st 3463. 160 Seiten

Island

Gyrđir Elíasson. Das Schlafrad. Roman. Übersetzt von Gert Kreutzer. 132 Seiten. Gebunden

Elín Ebba Gunnarsdóttir. Jener Sommer in Island. Übersetzt von Karl-Ludwig Wetzig. es 2163. 112 Seiten

Schweden

Stig Dagerman
- Deutscher Herbst. Reiseschilderung. Übersetzt von Jörg Scherzer. BS 924. 119 Seiten
- Die Insel der Verdammten. Roman. Übersetzt von Jörg Scherzer. 319 Seiten. Gebunden
- Die Schlange. Roman. Übersetzt von Jörg Scherzer. 259 Seiten. Gebunden

Marie Hermanson
- Muschelstrand. Übersetzt von Regine Elsässer. st 3390. 304 Seiten
- Die Schmetterlingsfrau. Roman. Übersetzt von Regine Elsässer. 242 Seiten. Gebunden

NF 449/2/12.02

Per Christian Jersild. Der fünfzigste Erlöser. Roman. Übersetzt von Jörg Scherzer. 263 Seiten. Gebunden

Per Christian Jersild/Lars Ardelius. Gedanken über den Tod. Übersetzt von Jörg Scherzer. Mit zahlreichen Abbildungen. 308 Seiten. Leinen

Olof Lagercrantz
- Dante und die Göttliche Komödie. Übersetzt von Gisbert Jänicke. Mit farbigen Abbildungen. it 2159. 296 Seiten
- Marcel Proust oder Vom Glück des Lesens. Übersetzt von Angelika Gundlach. 206 Seiten. Leinen
- Mein erster Kreis. Die Geschichte einer Jugend. Übersetzt von Angelika Gundlach. 231 Seiten. Leinen
- Reise ins Herz der Finsternis. Eine Reise mit Joseph Conrad. Übersetzt von Angelika Gundlach. 207 Seiten. Leinen
- Strindberg. Übersetzt von Angelika Gundlach. 587 Seiten. Leinen
- Vom Leben auf der anderen Seite. Ein Buch über Emanuel Swedenborg. Übersetzt von Angelika Gundlach. 207 Seiten. Gebunden

Selma Lagerlöf. Das Mädchen vom Moorhof. Übersetzt von Marie Franzos. IB 285. 79 Seiten

Lars Norén
- Eintagswesen. Übersetzt von Angelika Gundlach. 211 Seiten. Englische Broschur
- Nacht, Mutter des Tages. Chaos ist nahe bei Gott. Übersetzt von Angelika Gundlach. 271 Seiten. Kartoniert
- Nachtwache. Übersetzt von Angelika Gundlach. 205 Seiten. Broschur

NF 449/3/12.02

Klas Östergren

- Anker. Roman. Übersetzt von Jörg Scherzer. 242 Seiten. Gebunden
- Gentlemen. Roman. 515 Seiten. Gebunden
- Pflaster. Roman. Übersetzt von Jörg Scherzer. 216 Seiten. Gebunden

August Strindberg

- Fräulein Julie. Drama. Übersetzt und mit einem Nachwort versehen von Peter Weiss. it 2701. 112 Seiten
- Tschandala. Eine Erzählung aus dem 17. Jahrhundert. Übersetzt von Renate Bleibtreu. it 2741. 176 Seiten

Dänemark

Hans Christian Andersen

- Bericht einer Reise in die Sächsische Schweiz. Herausgegeben von Ulrich Sonnenberg. Mit zahlreichen zeitgenössischen Abbildungen. IB 1220. 104 Seiten
- Märchen. Mit Illustrationen von Vilhelm Pedersen und Lorenz Frølich. Übersetzt von Eva-Maria Blühm. Drei Bände. it 133. 1129 Seiten
- Märchen, Briefe, Geschichten. Ausgewählt und kommentiert von Johan de Mylius. Übersetzt von Ulrich Sonnenberg. Mit zahlreichen Abbildungen. 432 Seiten. Gebunden
- Märchen meines Lebens. Mit einem Nachwort von Johan de Mylius. it 2738. 250 Seiten
- Schattenbilder einer Reise in den Harz, die Sächsische Schweiz etc. etc. im Sommer 1831. Mit zahlreichen zeitgenössischen Abbildungen. Herausgegeben von Ulrich Sonnenberg. it 2818. 148 Seiten
- Die Schneekönigin. Übersetzt von Eva-Maria Blühm. Mit farbigen Illustrationen von Birgit Ackermann. it 2578. 120 Seiten

NF 449/4/12.02

- Die schönsten Märchen. Übersetzt von Mathilde Mann. Ausgewählt und mit einem Nachwort versehen von Ulrich Sonnenberg. it 2651. 272 Seiten
- Spaziergang in der Sylvesternacht. 1828/29. Übersetzt von Anni Carlsson. Mit Zeichnungen von Gunter Böhmer. it 1130. 149 Seiten
- Tagebücher 1825-1875. Herausgegeben und übersetzt von Gisela Perlet. it 2886. 800 Seiten
- Weihnachts- und Wintermärchen. Ausgewählt von Ulrich Sonnenberg. it 2694. 128 Seiten

Vita Andersen
- Sebastians Liebe. Roman. Übersetzt von Peter Urban-Halle. 286 Seiten. Gebunden
- Welche Hand willst Du? Roman. Übersetzt von Angelika Gundlach. Gebunden und st 2225. 332 Seiten

Thorkild Bjørnvig. Meine Freundschaft mit Tania Blixen. Übersetzt von Gabriele Gerecke. st 2815. 224 Seiten

Tania Blixen.
- Ehrengard. Übersetzt von Fritz Lorch. Mit einem Nachwort von Brigitte Kronauer. BS 917. 90 Seiten. it 2416. 110 Seiten
- Moderne Ehe. Und andere Betrachtungen. Übersetzt von Walter Boehlich. Nachwort von Hanns Grössel. BS 886. 101 Seiten

Inger Christensen
- Das gemalte Zimmer. Eine Erzählung aus Mantua. Übersetzt von Hanns Grössel. BS 1218. 107 Seiten
- Das Schmetterlingstal. Ein Requiem. Sommerfugledalen. et requiem. Übersetzt von Hanns Grössel. Mit einem Nachwort von Thomas Sparr. BS 1295. 49 Seiten

NF 449/5/12.02

Jens Peter Jacobsen. Niels Lyhne. Mit Illustrationen von Heinrich Vogeler. Nachwort von Fritz Paul. Übersetzt von Anke Mann. it 44. 291 Seiten

Sören Kierkegaard. Tagebuch des Verführers. Übersetzt von Helene Ritzerfeld. it 405. 235 Seiten

Kierkegaard für Gestreßte. Herausgegeben von Johan de Mylius. Übersetzt von Ulrich Sonnenberg. it 2661. 192 Seiten

NF 449/6/12.02